가을의 유머

가을의 유머

박정선
장편소설

산지니

차례

시간 죽이기

어느 날 산골 마을 아이들이 산속으로 들어갔다. 개도 쫄랑쫄랑 아이들 뒤를 따랐다. 가을 산은 갖가지 열매를 익혀 놓았고 아이들은 잘 영근 열매를 따 먹으며 산속을 뒤졌다. 열매는 아이들을 깊은 계곡으로 끌어들였다. 따라오던 개가 갑자기 사라지고 말았다. 아이들이 개를 찾아 산을 뒤졌다. 어디선가 개 짖는 소리가 들려왔다. 아이들이 개 짖는 소리를 따라 점점 더 깊은 곳으로 들어갔다. 가시덤불이 철통같이 우거진 곳에서 걸음을 멈추었다. 개 짖는 소리가 철통같은 덤불 속에서 흘러나오고 있었다. 개가 덤불을 뚫고 들어간 흔적이 보였다. 가시에 찔린 핏자국도 보였다. 흥분한 아이들이 달려들어 덤불을 제쳤다. 뜻밖에 땅속으로 통하는 동굴입구가 드러났다. 개 짖는 소리가 크게 들려왔다.

개 짖는 소리는 불안하고 급했다. 개를 구하러 아이들이 동굴 속으로 성큼성큼 들어갔다. 들어갈수록 동굴은 넓어지고 깊었다. 점점 우물처럼 아래로 깊이 내려가게 되어 있었다. 아이들은 홀린 듯 아래로 계속 내려갔다. 울긋불긋한 벽화가 등장하기 시작했다. 벽면에 수백 마리 동물이 그려져 있었다. 붉은색, 노란색, 흰색, 검은색으로 그려진 동물들은 모두 실물 크기였고 살아 있는 듯했다. 말과 들소가 수백 마리였고 말들이 질주하고 있었다. 덩치 큰 동물들이 금세라도 벽에서 뛰어나와 덮칠 것만 같았다. 이리, 사슴, 곰, 돼지, 새들도 있었다. 동물들은 더러 죽어 있기도 하고, 더러는 창이나 화살을 맞고 엎어지고 뒤집어지고 포개진 채 피를 흘리고 있는 것도 있었다. 피비린내가 나는 것 같았다. 정말 피비린내가 났다. 냄새에 민감한 개가 가시덤불을 뚫고 동굴로 뛰어든 이유를 알 만했다. 개는 계속 짖어대고 아이들은 공포에 질렸다. 비명을 지르며 죽을힘을 다해 동굴 밖으로 뛰쳐나와 마을에 알렸다.

어른들이 몰려갔다. 어른들도 뒷걸음질을 쳤다. 벽이며 천장에 동물들의 피와 기름이 발라져 있었다. 동굴은 홍등을 켜 놓은 듯 동물들의 핏빛으로 가득했다. 그런데 동굴벽화 맨 안쪽에 비밀스럽게 감추어진 '특별한 그림'이 있었다. 남자가 누워 있고 발기된 성기가 꼿꼿하게 서 있었다. 남자의 얼굴은 새의 머리 모양이고 얼굴 중앙에 긴 부리가 솟아 있었다. 남자 앞에는 실물크기만 한 들소가 상처를 입고 창자가 흘러내린 채 남자를 노려보고 있었다.

나, 전업주부여자, 가정선생여자 이렇게 셋이 모이면 못하는 말이 없다. 주로 몸과 에로티즘에 관한 수다를 떨기 마련이다. 앞에 나온 이야기는 우리 셋 중 모르는 것이 없는 가정선생여자가 세상에 오직 하나밖에 없다는 희귀한 프랑스 라스코동굴벽화 사진을 보여 주면서 들려준 이야기다. 무려 2만 년 동안이나 꼭꼭 감추어져 있었다는 금기의 세계를 그녀는 마치 현실처럼 이야기를 전개하면서, 우리에게 이 원시의 동굴벽화에 숨겨져 있는 '특별한 그림'이 무엇을 의미하는지 상상력을 발휘하여 해석해 보라고 주문했다.

1940년 가을 네 명의 아이들에게 발견된 이 라스코동굴벽화(프랑스 도르도뉴 지방의 베제르 계곡에 있음)는 구석기시대 호모사피엔스들이 그려 놓은 것이라고 했다. 물론 그것은 예술행위라기보다는 사냥을 잘하게 해달라고 염원하는 선사시대 사람들의 의식세계라는 것쯤은 우리도 잘 알고 있었다. 그런데 꼿꼿하게 서 있는 남자의 성기는 무엇이며, 남자가 새의 얼굴을 하고 있는 것은 무엇인지, 창자가 터져 나온 들소가 왜 남자를 노려보고 있는지는 짐작하기 어려웠다. 아무튼 그녀는 동굴벽화 이야기를 해 주면서 수수께끼 같은 문제를 냈고, 내 입장에서는 문제를 푸느라 어느 정도 숨 쉴 틈을 얻었는지도 모른다.

나에게 가을과 기다림은 잔인하도록 숨 막힌 탓이다. 21일이라는 시간이 문제였다. 나에게도 가을이 시작되면서 스물한 번 해가 뜨고 스물한 번 해가 졌다. 날마다 내가 해를 끌어 올렸고 내가 해를 끌어 내렸다. 뿐만 아니라 할 수만 있다면 21일을 하루로 압축해 버리고 싶었다. 시간은 만인에게 공평하다지만 아니었다. 시간은 지극히 객관적이라고 하지만 엄연히 주관적이었다. 시간은 앞만 보고 흘러가는 것도 아니었다. 시간은 우뚝 멈춘 채 서 있기도 하고, 분수처럼 허공으로 흩어지기도 하고, 심지어 뒷걸음질치며 미친 듯이 달아나기도 했다.

시간을 죽여야 했다. 하필이면 제아무리 완고한 사람도 물렁해지고 만다는 가을에 석환 씨를 기다린다는 건 공기도 빛도 없이 숨 막히는 수심이었다. "타고 남은 재가 다시 기름이 됩니다."라는 한용운 님의 시는 다름 아닌 내 심정을 말해 준 것이었다. 시간을 죽이는 방법을 찾아야 했다. 사람들은 시간 죽이는 방법을 영화보기, 독서하기, 여행하기, 친구들과 수다 떨기라고 했다. 나에겐 소용 없다는 걸 알면서도 여행만 제외하고 해 보는 데까지 다 해 보았다. 영화는 시끄러운 소음만 낼 뿐이었다. 독서? 눈은 책을 읽고 머릿속은 잡념으로 가득 찼다. 모든 잡념들이 내가 책 읽기만을 기다린 것 같았다. 저희들끼리 서로 나를 차지하려고 맹렬히 싸웠다. 세계적으로 5초마다 한 권씩 팔린다고 선전하는 무라카미 하루키의 소설로 바꿔 봤지만 마찬가지였다. 친구들이 수다를 떨면서 가끔 배꼽 잡고 웃을 때마다 건성으로 따라 웃었다. 친구들은 물이었고 나는 물 위에 뜬 기름이었다.

내가 가장 신뢰하는 친구 민정이가 뜨개질감을 맡기면서 "이게 시간 죽이는 데는 최고야."라고 했다. 민정이 말대로 뜨개질을 시작했다. 민정이는 일부러 보랏빛 예쁜 목실(면사)로 꽃무늬 뜨는 것을 시켰다. 목실 뜨개질은 좀처럼 진도가 나가지 않아 팍팍하기 짝이 없는 일이라는 걸 강조하면서 테이블클로스 러너(식탁 중앙에 길게 깔아 놓는 띠)를 짜라는 것이었다. 러너를 만들자면 꽃무늬 100개를 뜬 다음 길이가 장장 2미터가 되도록 이어 붙여야 한다고 했다. 그러면서 뜨개질은 수도하는 자세, 기도하는 자세, 참선하는 자세로 하는 거라고 일침을 가했다. 오후 학원수업이 끝나고 나면 뜨개질에 몰두했다. 콧수를 계산해야 하기 때문에 정신을 다른 곳에 팔 수가 없었다. 중학교 때 가정시간에 해 보고 처음이라 쉽지 않았다.

동그랗게 꽃모양을 만들자면 빙글빙글 돌려뜨기를 해야 하고 그 외 여러 가지 복잡한 계산법이 있었다. 한 바퀴 돌 때마다 일정한 콧수를 늘려 주어야 했다. 한 코만 부족해도 꽃이 도르르 말려 버렸다. 한 코만 많아도 꽃이 힘없이 퍼졌다. 그래서는 꽃이 되지 않았다. 몇 번인가 집어치우고 싶었지만 언제나 진심 어린 마음으로 나의 멘토가 되어 주는 민정이의 말을 거역할 수가 없었다. 꽃이 될 때까지 풀고 다시 뜨고, 풀고 다시 떠야 했다. 백조로 변한 오빠들의 마술을 풀기 위해 가시 돋친 쐐기풀을 뜯어 옷을 짠 소녀처럼 오로지 꽃무늬를 뜨는 데 밤을 보내고 또 보냈다. 보랏빛 목실은 한 송이 한 송이 꽃을 피워 갔다. 코바늘에 시달린 왼손 두 번째 손가락이 붉게 부어올라 눈물이 날 지경으로 쓰라렸다.

엄마는 난데없이 뜨개질을 하는 나를 보고 깜짝 놀라며 옛날 엄마가 했던 일이 생각 난다고 했다. 아버지가 실직을 하고 앞이 캄캄했을 때 엄마는 뜨개질을 하면서 "무얼 해서 아이들을 먹여 살릴까?" 하고 고민했다는 것이다. 엄마는 뜨개질을 하면서 무시무시한 불안을 극복했고 과일 장사를 하기로 마음먹었다고 했다. 엄마 역시 그때 뜨개질을 하는 건 기도였다고 하면서 무슨 어려운 일이라도 생긴 거냐고 물었다. 나는 끝까지 대답하지 않았지만 부동으로 앉아 오로지 한 곳에 집중한 것은 민정이와 엄마 말대로 기도에 다름 아니었다.

꽃무늬를 뜨면서 시간 죽이기의 한 방법으로 수수께끼 같은 동굴벽화 문제를 풀어 보려고 애썼다. 그림을 처음 봤을 때는 단번에 알 것 같았다. 보이는 대로 보자면 꼿꼿하게 서 있는 성기는 구석기시대이니 원시적으로 표현했을 것이었다. 창자가 튀어나온 들소는 남자들이 자기네들을 사냥하는 데 대한 앙심을 품고 남자를 노려봤을 것이었다. 그런데 들소에게 심한 상처를 입혔을 남자 역시 죽어가는 형편인데 왜 하필 들소 앞에 성기를 내놓았는지? 생사(生死)가 교차하는 그 살벌한 순간에 어떻게 성기가 꼿꼿하게 발기할 수 있는지? 남자의 얼굴에 왜 새의 부리가 솟아 있는지? 등등에 대해서는 도무지 상상이 되지 않았다.

그녀가 몇 가지 힌트를 주기는 했다. 벽화에는 죽음, 성, 금기의 위반, 욕망, 그리고 종교가 내포되어 있는데 그걸 알려면 인간이 동물과 변별성을 갖게 된 근본적인 이유부터 알아야 한다고 했다. 그리고 이 문제는 에덴동산의 아담과 하와가 신이 금한 금기를 위반한 사건에서 시작되는 것이며 여기에 기가 막힌 아이러니가 숨어 있다고 했다. 그러니까 신은 사람을 동물성과 신성의 중간에 있는 인간(間)으로 만들었고, 따라서 인간도 동물이나 마찬가지 상태에서 동물과 소통하며 살았는데, 신이 아담과 하와 커플에게 금기를 위반한 벌칙으로 죽음을 부여한 것은 마치 인간을 에덴에서 쫓아낸 것처럼 꾸며 동물성으로부터 분리시켜 준 기가 막힌 각본이라는 것이다. 결론적으로 에덴동산의 금기와 벌칙 사건은 인간에 대한 신의 극진한 배려라는 주장이었다.

아무튼 신은 인간과 동물을 그런 방법으로 분리시켰는데, 중요한 것은 동물은 언젠가는 죽는다는 걸 인식하지 못하지만 인간은 언젠가는 죽는다는 걸 인식한다는 것이다. 그리고 동물과 달리 인간은 성을 시와 때를 가리지 않고 즐길 수 있다는 것도 인식하게 되었는데, 이것이 인간과 동물의 뚜렷한 두 가지 차이점이라고 했다. 어느 정도 일리가 있었다. 에덴동산에서 하와가 뱀의 유혹을 받았다는 것, 그것은 인간이 동물과 소통했다는 것을 말해 준 것이었다. 그렇다면 인간이 동물과 구분이 되지 않고 서로 통했다는 것이 성립될 수 있었다. 그리고 '금기와 벌칙 사건'이 기가 막힌 각본이라는 것도 그럴싸했다. 만약 인간이 금기를 어기지 않았고 신이 죽음을 내리지 않았다면 인간은 죽지 않고 계속 살 것이고, 인간이 죽지 않고 계속 살면서 태어나기만 한다면 지구가 백 개라도 모자랄 것이었다.

나도 유치부 때부터 결혼 전까지 교회에 다녔으므로 구약성경 창세기 편은 제법 알고 있다고 자부하는데, 지금까지 하나님이 아담과 하와를 에덴동산에서 내친 것을 인간에 대한 신의 극진한 배려라고 주장하는 말은 들어 보거나 읽어 보지 못했다. 아무래도 그녀 나름의 해석이라는 생각이 들었다. 나쁘지 않았다. 오히려 새롭고 참신한 발견 같았다. 그래서 어렴풋이 뭔가 짐작이 가는 것도 같았지만 내 능력으로는 더 이상 해석할 수가 없었다. 그렇지 않아도 꽃무늬

뜨기 콧수를 계산하느라 어지러운데 생각할수록 머릿속이 복잡했다. 수수께끼 같은 동굴벽화 문제풀이를 그만두기로 했다. 어차피 그 문제는 '똑똑한 그녀'가 풀어 줄 것이었다.

엄마는 마음을 놓지 못해 내 옆에 붙어 앉아 수시로 녹차를 끓여 주었다. 잔이 식기가 무섭게 다시 물을 끓였다. 너무 자주 들이민 탓에 나중에는 거부했다. 그러자 엄마는 녹차를 선전하는 사람처럼 "사람이 무슨 일엔가 신경이 곤두설 때는 녹차가 제일이야. 녹차는 긴장을 해소시켜 줄 뿐만 아니라 머리가 맑아져 까맣게 잊어 버렸던 것도 샛별처럼 떠오르게 하거든. 차나무 뿌리가 워낙 깊은 곳에서 물을 빨아올린 탓이라고 하더라. 생각해 봐라. 바위를 뚫고 내려가 물을 길어 올린다고 하니 얼마나 맑겠니. 참, 그건 나보다 네가 더 잘 알고 있잖니. 그 길고 긴 뿌리를 거둬다가 꽃꽂이를 할 때 니가 나에게 말해 줬잖아?"라고 하며 줄기차게 녹차를 권했다.

나에게 감격을 안겨 준 차나무 뿌리! 엄마가 말하지 않아도 나는 차나무 뿌리 작품을 잊을 수가 없다. 일 년 전 석환 씨와 만남이 시작되던 날, 세계작품전시회가 열렸고 그때 나는 야생 차나무 뿌리로 작품을 창작했었다. 땅속으로 뻗어 내린 20미터짜리 차나무 뿌리가 하늘을 향해 승천하듯 용용(溶溶)하게 뻗쳐 있었다. 거창했다. 그건 꿈과 이상에 대한 염원을 상징한 것으로서, 뿌리가 땅속에서 찾던 물을 허공에서 찾는 것을 묘사한 것이었다. 사실 물은 맨 처음 허공에서부터 시작되지 않는가.

그때 차나무 뿌리로 창작한 내 작품은 국내외 작가들과 평론가들을 사로잡았다. 아직 아무도 생각해 내지 못한 독특한 소재 발굴 때문이었다. 평론가들은 꽃꽂이의 혁명이라고 극찬했다. 작품은 대상을 차지했고 경력이 나보다 무려 20년 이상인 선배 작가들이 나를 부러워했지만 나는 그런 성과보다는 물을 찾아 수십 미터 혹은 수백 미터까지 내려가는 차나무 뿌리의 지고함을 가슴에 품었다. 그때부터 뿌리에 대해 말하기를 좋아했다. 뿌리는 정체성을 상징하기도 하지만, 뿌리를 즐겨 말한 것에는 또 다른 이유가 있었다. '꽃꽂이' 하면 꽃만 생각하는 고정관념을 깨기 위해서였다. 그야말로 세계적으로 인정받는 마이스터(독일에서 발행) 자격증을 딸 수 있는 작가(나도 아직 따지 못했지만)가 되려면 누구나 쉽게 만날 수 있는 꽃이 아니라 쉽게 만날 수 없는 땅속의 뿌리를 아는 것이 더 중요하다고 생각했다.

뿌리를 알아 가는 것은 매우 흥미로운 일이었다. 나는 신진작가들에게 차나무 뿌리에 대한 경험을 종종 강의했고, 차나무 뿌리를 이야기할 때면 그들은 눈썹 하나 까딱하지 않았다. 차나무 뿌리는 물을 찾아 땅속 깊이 내려가면서 층층이 물을 만나지만 자기가 원하는 물을 만날 때까지는 결코 다른 물에 입을 대지 않는 속성을 가지고 있었다. 나무의 모든 뿌리들은 처음에 벌레들이 사는 흙을 지나 다시 모래가 섞인 흙을 지나면서부터 물을 만나게 되고 대부분 뿌리들은 그쯤에서 입을 대고 물을 빨며 안주하고 말았다. 차나무 뿌리는 줄기차게 계속 내려갔다. 땅의 속성상 모래층을 지나 자갈층을 만나면서부터 물은 더 많아지고 땅속의 물은 뿌리를 통해 세상으로 나가고 싶은 탓에 튼튼하고 줄기찬 차나무 뿌리를 향해 달려들었다. 그래도 차나무 뿌리는 계속 입을 꼭 다물고 아래로 내려간 것이었다. 자기가 원하는 물을 만날 때까지 끝없이 내려가려는 완강한 고집이었다.

자갈을 지나면 주먹보다 큰 돌들이 나오면서부터 물은 더욱 많아지고 차나무 뿌리는 더 많은 유혹을 받게 되지만 차나무 뿌리가 만나야 할 물은 그 물도 아니었다. 그런 돌들을 지나면 넓적한 암반 같은 바위들이 나오고 거기서부터 물과의 만남을 위해 차나무는 뿌리를 정결하게 다듬기 시작했다. 뿌리는 점점 가늘어지면서 색깔도 표백하듯 하얗게 변했다. 하얀 전깃줄처럼 가늘어지고 투명해진 뿌리가 암반을 바로 뚫거나 암반과 암반 사이를 뚫고 물을 향해 내려갔다. 거기에 자기가 원하는 물이 감춰져 있었다. 그쯤에서 서늘한 물이 뿌리를 끌어당겼다. 견우와 직녀의 만남처럼 드디어 차나무 뿌리와 물이 만나게 되는 것이다. 차나무 뿌리와 물이 만나는 '떨림', 그건 언어로는 설명할 수가 없었다. 직접 보지 않고는 느낄 수 없는 것이었다.

강의 때 그 정도 설명을 하고 나면 청자들은 나무 뿌리가 땅속으로 뻗어 내리듯이 상상 속으로 빠져들었다. 표정이 진지하기 짝이 없었다. 부지불식간에 가슴을 쓸어내리는 사람도 보였다. 만남에 대한 간절한 동경이거나 이미 만났던 인연에 대한 상념이 틀림없었다. "뿌리와 물이 마치 불후의 사랑을 한 것 같은데요?"라는 어떤 작가의 질문을 생각해 봐도 그랬다. 나야말로 그런 물을 찾아 땅끝까지 내려가는 차나무 뿌리라는 생각이 들었다. 그리고 석환 씨는 암반 아래 숨어 있는 세상에서 가장 청정한 물이었다. 정말 차나무 뿌리와 물이 만나는 그 극적인 순간을 상상하면서 어제까지 꽃모양 뜨기 100개를 채웠다. 100개의 보랏빛 꽃으로 2미터 러너를 연결하는 데 성공한 것이다. 그러니까 러너를 완성한 것과 함께 석환 씨를 기다리는 천년 같은 21일이 지나갔으며, 이제 하룻밤만 자면 그가 온다는 사실만 남아 있을 뿐이다.

마지막 날

어젯밤 가을 하늘은 세상에서 가장 높았고 별들은 세상에서 가장 영롱했다. 나는 그 영롱한 별들을 품고 잠이 들었다. 잠을 자려고 무척 애를 썼다고 해야 옳다. 어떻게든 잠을 자기 위해 눈을 꼭 감고 통통 설레는 가슴을 진정하려고 애썼지만 좀처럼 잠들지 못했다. 불면은 얼굴에 치명적인 해를 입힌다는 걸 생각할수록 더욱 잠은 오지 않고 가슴에 꽉 찬 설렘이 뜨거운 한숨으로 새어 나오기 시작했다. 24시간 뉴스만 하는 방송에 채널을 맞춰 놓고 뉴스를 들으면서 겨우 잠들었을 것이다. 그리고 새벽이 아닌 환한 아침이 왔다는 걸 실감했다. 거실 창문이 하얗게 밝아 있고 베란다의 화분들이 상쾌하게 눈에 들어왔다. 사슴처럼 사뿐사뿐 걸어가 거실 창문을 활짝 열어젖히자 모든 희망과 희열이 가슴 속으로 마구 쳐들어왔다. 순간 '아!' 하고 탄성을 지르고 싶은 걸 간신히 참아 냈다.

하루가 가고 다시 하루가 시작된다는 것이 이토록 새로운 희망이란 걸 나는 아직까지 체험한 적이 없었다. 하룻밤만 자고 나면 외갓집에 다니러 간 엄마가 온다는 어린 시절 목마른 기다림처럼, 아니 지루한 형기를 마치고 출옥을 하루 앞둔 수형자처럼 어제 하루를 석환 씨를 기다리는 마지막 날로 밀어내고 드디어 아침을 맞았다는 것이 꿈만 같다. 공중으로 날아오를 것 같은 몸과 마음으로 베란다로 나가 화분에 물을 뿌리기 시작한다. 나는 감당할 수 없도록 기분이 좋을 때는 나무에 물을 뿌리는 버릇이 있다. 물뿌리개에서 퍼져 나가는 물줄기가 그런 기분을 마음껏 만끽하게 해주기 때문이다. 12년차 소철의 털북숭이 밑동이 한참 동안 물을 흡수하고 난 다음 바닥으로 물이 흘러넘칠 때에야 깜짝 놀라 옆으로 나란히 서 있는 벤자민에게 물뿌리개를 옮긴다. 가늘고 부드러운 벤자민 나뭇가지가 아이들처럼 물세례에 몸을 흔들어 대는 것을 바라보며 기쁨이란 그렇게 몸과 마음을 가만히 두지 못한 거라고 생각한다.

살다 보면 좋은 일이 있다는 말을 가끔 들어 왔고 나 또한 나름대로 결혼하여 본격적으로 사회생활을 해 오면서 몇 번인가 좋은 일이 있었다. 딸 아정이를 낳았을 때, 어렵게 아파트를 샀을 때, 국내에서는 최고 급수인 전국사범꽃꽂이대회에서 대상을 수상했을 때, 그리고 꽃가게 아줌마를 벗어나 꽃꽂이학원 원장이 되었을 때 정말 눈물 솟구치는 감격을 맛보았었다. 그렇더라도 지금만큼의 감격과 기쁨은 아니었던 것으로 기억한다. 물론 기억은 백 퍼센트 믿을 수 없다고는 하지만 설사 이보다 더 기뻤다 하더라도 인정하고 싶지 않다.

"나 빨리 나가봐야 해."

남편의 좋은 목소리가 들려왔다. 벤자민 나뭇가지에서 물이 흘러넘치자 산사나무 화분으로 물뿌리개를 옮겼고, 올해 처음으로 붉은 산사열매가 맺힌 것을 경이롭게 바라보는데 남편에게 어울리지 않는 음성이 귓전을 울린 것이다.

남편의 좋은 목소리는 아나운서나 성악가의 것이어야 한다. 정말 남편은 성악가든 아나운서든 말하는 직업을 택했어야 했다. 남의 목소리처럼 들려오는 남편의 목소리를 들을 때마다 나는 자기에게 어울리지 않게 뛰어난 것(펼치지 못한 것)은 오히려 부자연스럽다고 생각한다. 남편은 그런 걸 꿈꾸어 본 적도 없었고 그럴 만한 처지가 못 되었다는 것을 잘 알면서도, 오히려 말문을 닫고 조용히 그림을 그리고 싶었다는 걸 잘 알면서도, 들을 때마다 남의 목소리를 빌려온 것처럼 들리기 때문이다.

물 뿌리기를 그만두고 찬물 세례를 맞은 듯 화들짝 놀라

거실로 들어왔다. 가을엔 남편이 평소보다 일찍 출근한다는 걸 깜빡 잊고 있었다. 서둘러 토스트를 구워 내고 커피를 마련해 식탁에 놓았다. 중학교 2학년인 딸 아정이가 먼저 토스트 한 조각과 우유 한 잔을 마시고는 달아나듯 학교로 갔다. 남편은 토스트를 씹으며 커피를 마시고 나는 남편이 어서 출근하기를 바라며 '굳이 작업 모자를 들고 있을 필요가 없는데도' 작업 모자를 들고 식탁 옆에서 기다린다.

그리고 머그잔 가득히 담긴 뜨거운 커피를 빨리 마시려고 입을 동그랗게 오므리며 조심을 떠는 남편을 유심히 바라본다. 남편은 잔뜩 오므린 입술로 뜨거운 커피를 호호 불며 약간씩 식어 주는 부분을 잽싸게 마신다. 오므라드는 입술 주름을 따라 눈도 함께 작아졌다 커졌다 한다. 남편이 똑같은 행동을 되풀이하자 나는 지루함을 느끼며 '이 남자는 무슨 재미로 사는 걸까?' 하는 생각을 한다. 남편은 내가 무슨 생각을 하는지 전혀 모른 채 토스트를 우적우적 씹다가 중간중간 커피를 마시려고 몹시 애쓴다. 숟가락질을 배우기 시작한 어린아이들이 밥을 입에 떠 넣으려고 애를 쓰는 것처럼 측은해 보인다. 사람에게 가장 행복한 시간이 자리에 누울 때와 음식 먹는 일이라고 하지만, 남편이 음식 먹는 모습을 바라볼 때면 늘 측은해 보인다. 오로지 먹기 위해 사는 것처럼 보이기 때문이다.

내가 이런 생각을 한 것은 격식은커녕 언제나 오늘 아침처럼 바쁘게 하루 세끼를 먹으며 살아왔고 살아가고 있기 때문만은 아니다. 오로지 오늘이라는 일상에만 얽매여 시대의 흐름이나 인간이 무엇을 추구하며 사는지, 인간은 왜 사는지에 대해 전혀 생각조차 해 본 적이 없는 것 같아서이다. 무엇보다도 낭만이 전무한 남편의 답답한 정서 탓일 거라고 짐작한다. 짐작? 그렇다. 이런 모든 것은 짐작일 뿐이다. 부부는 일심동체라지만, 말도 안 되는 소리다. 나는 가끔 남편의 속내를 짐작조차 못 할 때가 있기 때문이다. 그건 남편도 마찬가지일 것이다. 남편은 지금 내가 무슨 생각을 하고 있는지 전혀 모르지 않은가.

"요즈음 산일 많이 바빠요?"

"그걸 말이라고 해."

나는 남편이 커피 마시는 시간이 몹시 지루해 마음속에 털끝만큼도 들어 있지 않은 말을 했다. 산일이란 남편이 산에 나무를 심어 놓은 조경원을 말한다. 남편은 뻔히 아는 것을 물어본다는 식으로 대답했다. 농사뿐만 아니라 조경원도 봄, 가을이면 눈코 뜰 새 없이 바쁜 철이라는 건 우리에게 상식이기 때문이다. 더욱이 가을은 남편을 숨 쉴 틈 없이 바쁘게 만드는 계절이다. 화환 주문도 주문이려니와 수많은 정원수와 묘목 분양이 가을에 더 많이 이루어지는 탓이다. 사람들은 봄이 아닌 가을에 웬 나무 분양이냐고 의아해하지만 과수는 봄 묘목을 선호하고, 소나무나 상록수는 가을 분

양을 더 선호하기 때문이다. 분양 철이면 조경원 주인들은 산에 기거할 곳을 만들어 놓고 나무와 묘목을 분양할 정도인데, 꽃가게까지 겸하고 있는 남편은 그들보다 두 배로 바쁜 사람이다.

커피는 좀처럼 식지 않고 남편은 계속 입 오므리기를 한다. 입이 오므라질 때마다 입술 주름뿐만 아니라 코밑 주름도 생긴다. 늙은 남자처럼 보인다. 나는 부지불식간에 양미간이 찡그려진다. 석환 씨를 알기 전에는 전혀 보이지 않았던 것들이 자꾸 발견된 것이다. 남편 얼굴을 바라보며 석환 씨와 비교해 본다. 만약 남편이 이런 속내를 안다면 얼마나 비참해 할까, 하는 생각이 들지 않는 건 아니지만 나도 모르게 드는 생각이니 어쩔 수가 없다. 자세히 뜯어 보면 남편도 괜찮게 생긴 얼굴이다. 석환 씨보다는 조금 못하더라도 이목구비가 뚜렷하고 눈썹이 유난히 짙어 다부지게 생겼다는 말을 듣는 편이다.

생각해 보면 두 남자는 몇 가지 공통점을 갖고 있다. 머리숱, 눈썹 숱이 많다는 것과 좋은 목소리가 그것이다. 남편과 달리 석환 씨는 어울림의 조화가 이런 것인가 싶을 정도로 목소리와 목소리 주인이 잘 어울린다. 석환 씨는 목소리가 자산이다. 목소리가 그의 삶을 풍요롭게 만들어 주기 때문이다. 그는 스스로 말하기를 좋은 목소리 덕을 톡톡히 보며 살고 있다고 했다. 대표적인 예로 회의를 진행하거나 브

리핑을 할 때마다 같은 내용이라도 다른 사람들보다 월등히 좋은 반응과 효과를 얻어낸다는 것이다. 사람들이 빨려들 듯이 경청하는 탓이라고 했다.

두 사람은 성격의 일면도 닮았다. 둘 다 과묵형이고 용의주도형이다. 차이가 있다면 남편의 과묵은 자신의 삶에 순응적이며, 석환 씨의 과묵은 카리스마를 갖는다. 용의주도함에 있어서도 남편은 자신의 신조에 어긋남을 용서치 않는다면 석환 씨는 직장과 일에 있어 한 치 어긋남을 용서하지 않는다. 자신의 신조대로 자영업을 하는 사람과 치열한 경쟁사회에서 밀리면 죽는다는 입장 차이일 뿐 닮았다는 느낌은 확실하다. 그렇다고 석환 씨가 남편을 닮았기 때문에 끌렸다거나 남편을 닮아서 좋다는 것은 결코 아니다. 그것은 어디까지나 우연일 뿐이다.

그럭저럭 커피가 적당히 식었는지 남편은 삼분의 일 조각쯤 남은 토스트를 한입에 욱여넣고 나머지 커피를 막걸리 마시듯 꿀떡꿀떡 마셔 버렸다. 그런 다음 입안의 토스트를 우물우물 씹으며, 내 손에서 모자를 빼앗듯이 가져다 머리에 쓰고는 현관문을 꽝 닫고 나가 버렸다.

남편이 현관 밖으로 사라지는 것과 함께 나의 아침이 다시 시작되었다. 시계 초침 소리 외에 집 안은 고요해지고 나는 이제 집 안에 애완견 유월이 말고는 혼자 남았다는 홀가

분함과 은밀한 기분에 젖어든다. 창밖엔 아침 햇살이 지상을 향해 일제히 퍼지기 시작하고, 거실엔 칼칼한 가을바람이 들어와 유월이가 기분이 좋을 때 꼬리를 흔들 듯 마루를 설렁거리고 다닌다. 나는 냉장고에서 유난히 새콤달콤한 황금석류를 꺼내 먹으며 어제 그와 전화했던 대화를 반추해본다.

"오늘은 꼭 여고생처럼 목소리가 상쾌한데?"

"이제 막 황금석류를 먹었거든요."

나는 그를 위해 최고의 황금석류를 먹는 것처럼 말했다. 정말 그를 생각하면서 며칠 전 황금빛 찬란한 최고급 신종 황금석류를 골라 샀다.

"어쩐지 새콤달콤한 향기가 여기까지 풍기더라니! 그럼 내일 오후에 만나."

"내일 다시 전화 할 거죠?"

"그럼, 오늘처럼 내일 오전 승연이가 황금석류를 막 먹고 나면 G선상의 아리아가 울릴 거야. 아마."

내 휴대폰 멜로디 G선상의 아리아는 그가 나를 위해 다운받아 넣어 준 것이다. 이 곡은 석환 씨가 평소 업무에 시달려 잠이 오지 않을 때 듣는 곡이라고 했다. 그런데 '아마'라는 말이 마음에 걸렸다.

"아마? 무슨 뜻이죠?"

나는 어제 '아마'라는 추측성 말에 신경이 무척 곤두섰었다.

"아니야, 아무튼 내일 전화할게."

그가 말한 내일이 분명 오늘이란 것을 다시 확인하며 휴대폰을 바라본다. 아직 휴대폰이 울리기에는 너무 이른 시간임을 의식하며 석류알을 입에 넣었다. 황금색 석류알이 입안에서 톡톡 잘도 터진다. 재래석류보다 두 배나 새콤달콤한 맛이 입안 구석구석 세포를 깨우며 기분을 한층 더 끌어올려 준다. 나는 전화가 올 때까지 계속 석류 외에 다른 음식을 먹지 않으리라 마음먹으며 거실을 돌기 시작한다. 그를 알고부터 생긴 버릇이다.

가슴을 활짝 펴고 허리를 최대한 늘이고 횡격막을 추켜올린 상태에서 크게 심호흡을 내쉬기를 한다. 허리가 쭉 늘어나면서 키가 몇 센티나 더 커진 느낌이 든다. 입안엔 새콤달콤한 석류 향기가 가득하고 혈관은 봄을 만난 나무들의 물관처럼 피가 졸졸 잘도 통하는 것 같다. 거실을 수십 번 돌고 난 다음 쇠붙이가 자석을 찾아가듯 거울 앞으로 다가가 나를 비춰 본다. 거울을 들여다보며 '얼굴은 마음의 거울'이라고 한 것은 얼마나 적절한 표현인가라고 감탄한다. 거울 속의 내 얼굴에 이제 막 물을 올려 준 장미처럼 싱싱하고 따뜻한 피가 돌고 있기 때문이다. 이른 아침 꽃잎을 피우기 시작한 장미가 후끈 뿜어내는 뜨거운 열기와도 같다. '꽃이 개화하는 순간을 아세요?'라고 누군가에게 묻고 싶다.

나는 날마다 장미에게 물을 올려 주어야 하고, 꽃잎이 서로 똘똘 뭉쳐 있는 입술을 떼는 순간에 신경을 집중한다. 그럴 때마다 거기로부터 흘러나오는 신비한 소리를 듣게 된다. 거기엔 물을 올려 주는 사람에게만 들리는 비밀스런 소리가 있다. 그것은 소녀적 초경의 아픔처럼 아픔을 동반하는 소리다. 초경을 치러 본 여자는 다 알겠지만 어느 날 갑자기 습격한 아픔, 배와 허리가 끊어질 듯함, 드디어 숨이 끊어질 듯한 경련과 함께 터지는 함초롬한 선혈, 여자가 되는 건 그렇게 격렬한 통과의례를 거쳐야 하는데, 어떤 여성학자는 그것을 초산의 아픔이라고까지 표현했다. 나뿐만 아니라 여자들은 누구나 그 학자의 말에 공감할 것이다.

꽃도 꽃이 되기 위해서는 어쩔 수 없이 그런 아픔을 통과해야 하고 장미는 그 순간 평생에 단 한 번 후끈한 향기를 발산하게 된다. 경이롭기 짝이 없는 그 순간을 나처럼 꽃을 만진 사람들은 여자의 초경에 비유하여 첫 개화라고 한다. 첫 개화 다음부터 장미는 더 이상 그런 향기를 뿜어내지 못한다. 그리고 초경 이후 서서히 여자가 되어 가듯이 장미도 그때부터 성숙한 꽃으로 피기 시작한다. 그러면서 장미 향기는 처음 것의 십분의 일쯤이 될까 말까 한 것, 진짜 진액을 퍼내 버린 뒤 나머지 잔여분의 향기를 날릴 뿐이다.

돌이켜 보면 내가 거울을 보면서 행복해하는 것은 경이로운 일이다. 거울은 나에게 무서운 물건이었기 때문이다. 거울을 마주 보는 이 위대한 버릇이야말로 석환 씨로부터 생긴 것이다. 그를 알기 전, 나는 거울 기피증을 갖고 있었다. 여성은 거울을 보며 화장을 할 때 가장 행복하다는 말은 나와 먼 이야기였다. 나를 고스란히 비춰 보이는 거울이 무섭고 두려웠다. 심지어 엘리베이터를 탈 때면 거울처럼 번쩍거리는 소재로 된 문 앞에서조차 눈길을 엉뚱한 곳으로 돌려야 했다. 지하철이나 백화점 화장실 등 장소를 가리지 않고 거울에 비친 자기 얼굴을 구석구석 탐색하는 여자들을 볼 때마다 그녀들이 부러웠다. 부러워하면서도 이해할 수 없었다. 그녀들은 생김새가 평범할 뿐인데도 자신감이 넘쳤고 당당했다. 그녀들 표정은 이만하면 더도 덜도 말고 딱 됐다는 만족감이었다.

나도 처음부터 거울을 피한 건 아니었다. 대학생 때까지만 해도 정상적으로 거울을 보았고 내 얼굴에 대해 쌍꺼풀이 없는 홑겹 눈만 빼고는 불만이 없었다. 갸름하고 매끈한 얼굴과 토마토처럼 탱탱한 볼, 붉고 도톰한 입술이라는 평을 들으며 친구들의 부러움을 샀다. 그런데 꽃집을 하면서 닥치는 대로 살던 어느 날 거울에 비친 내 얼굴에 깜짝 놀라 경찰을 피하는 도둑처럼 급히 거울에서 얼굴을 돌리고 말았다. 거울 속에 초라하고 촌스럽기 짝이 없는 낯선 여자의 얼굴이 있었다. 거칠고 새까맣고 불균형하고 부자연스러웠다. 그건 20대 여자의 얼굴이 아니었다. 그래도 가끔 혹시나 하는 기대로 얼굴을 확인하고 싶을 때가 있었다. 그때마다 몰래 엿보듯 거울을 향해 조심조심 상체를 기울여 얼굴을 비춰 보았지만 마찬가지였다. 오히려 몰래 숨어 도둑을 기다린 경찰처럼 절망이 잠복해 있다가 나를 와락 덮친 것이었다. 거울을 아예 보지 않기로 작정했다. 거울이 악마의 혓바닥을 내밀어 나를 집어삼켜 버릴 것만 같았다.

서구의 옛날 사람들도 거울이 두려워 거울을 천으로 덮어 두었다는 것까지 생각했다. 점술가들이 거울을 보며 사람의 운명을 점치면서 어떤 경우에 반드시 죽는다거나 불행해진다는 경고를 했던 것, 거울나라로 떨어져 다시는 돌아오지 못한 앨리스, 백설 공주와 마녀 이야기, 나르키소스가 물에 비친 자기를 들여다보다 빠져 죽은 것도 다 거울의 속성 탓이었다는 것을 생각하며 거울은 나를 불행하게 만든 물건이라고 단정해 버렸다.

이야기는 더 비참하게 흘러간다. 거울을 볼 수 없고 보지 않으려고 색조화장을 하지 않았다. 어차피 화장을 해 봤자 꽃 속에 묻혀 있으면 하나 마나였다. 세안 후 로션쯤은 거울을 보지 않고도 얼마든지 바를 수 있었다. 화장대를 없애 버렸다. 그래서 우리 집엔 큰 거울이 없었다. 현관 신발장에 부착된 거울이 있을 뿐, 그것도 먼지가 앉아 부옇게 변해 버렸다. 어쩌다 꼭 색조화장을 해야 할 때는 신발장에 붙은 부연 거울에 잠깐 얼굴을 내밀고 후다닥 해치웠다. 그렇게 도둑 화장을 하고 모임에 가면 반드시 누군가 다가와 "파운데이션이 뭉쳤네요."라며 콧등이나 이마 어딘가를 문질러 주는 것이었다.

나중에는 모임에 나갈 때만 간신히 하는 색조화장도 그만두고 말았다. 색조화장을 포기한 데는 메마른 정서의 극치를 이룬 남편의 무뚝뚝함도 한몫을 했다. 나도 여자이고 꽃시장에서 손님을 맞이하는 입장인 탓에 가끔 화장을 하고 싶을 때가 있었다. 그러면서도 어림잡아 도둑화장을 한 탓에 틀림없이 어딘가 파운데이션이 뭉쳤을 것이 걱정되어 남편에게 "나 어때요?"라고 물으면, 남편은 쳐다보지도 않은 채 "내가 그걸 어떻게 알아."라고 가차 없이 묵살해 버렸다. 남편은 그것으로 끝나지 않았다. 지독한 무뚝뚝함의 극치 끝에 한마디를 더 보탰다.

"손님들이 꽃집 주인 얼굴 쳐다본 적 있어?"

맞는 말이었다. 손님들은 꽃에 홀려 꽃집 주인 얼굴 따위는 쳐다볼 짬이 없었다. 또 꽃집 여자 얼굴이 아무리 아름답다 해도 꽃 옆에서는 어림없는 일이었다. 손님들은 꽃에다만 눈을 둔 채 이건 얼마죠? 저건 얼마죠? 라며 꽃값을 물어볼 뿐이었다. 꽃을 사서 안고 꽃상가 앞을 걸어가면서도 끝없이 이어진 꽃에서 눈을 떼지 못했다.

다시 마음을 가다듬고 거울 앞에서 미소를 지어 본다. 미소가 얼굴 가득 안개꽃처럼 피어난다. 안개꽃의 애칭은 미소라고 부른다. 다른 꽃들이 하, 하, 하, 하고 웃거나 또는 까르르, 웃는다면 안개꽃은 안개처럼 아련하게 웃는다. 소리 없이 화려하다. 정말 봄에 꽃을 사러 농장에 갈 때마다 바람 타는 안개꽃 물결을 향해 넋을 잃었다. 꽃을 주문하면 농장에서 틀림없이 챙겨 보내 주는데도 나는 바람 부는 날이면 그 숨 막힌 미소를 보기 위해 일부러 농장으로 찾아가곤 했다.

거울을 들여다볼수록 지난날 내가 부러워했던 그녀들처럼 자신감이 솟구쳐 오른다. 이 신묘한 변화 앞에 나는 거듭 감격한다. 한 번 병들면 가장 고치기 힘든 것이면서도 어떤 동기로 하여 하루아침에 거짓말처럼 말끔히 고쳐 버릴 수 있다는 사람의 마음이 무엇인지를 알 것 같다. 나는 무려 십년 가까이 거울을 기피해 온 것을 보상이라도 받아 낼 것처럼 열심히 거울 속을 들여다보면서 얼굴이 분명 어제보다 달라졌다는 것을 인식한다. 생각해 보면 어제는 그저께와 다른 느낌이었고 그저께는 그 전날과 다른 느낌이었다. 석환 씨의 귀국 날짜가 가까워지는 것과 내 얼굴의 변화는 정비례해 가는 것이었다.

왼쪽 뺨엔 보조개가 또렷이 드러나 있고 보조개는 샘물처럼 연신 물보라를 그려내고 있다. 홑겹 눈도 그를 알고 곧바로 수술을 감행했으므로 이젠 완벽한 쌍꺼풀 눈으로 변해 있다. 홑겹 눈일 때는 지적이었고 쌍꺼풀을 하고 난 뒤에는 송아지 속눈썹처럼 긴 속눈썹과 잘 어울린다며 석환 씨는 진심으로 칭찬해 주었다. 석환 씨뿐만 아니라 내 친구 민정이, 우리 학원 제자들, 친정 엄마와 내 딸 아정이까지 모두 홑겹 눈보다 훨씬 세련돼 보인다고 입을 뗐다. 아정이는 벌써부터 고3 때 수능을 치고 나면 그다음 날 바로 수술을 할 거라고 벼르고 있다.

그런데 남편은 쌍꺼풀을 한 눈이 게슴츠레해 보인다느니, 남자들이 그런 눈을 보면 헤픈 여자로 본다느니 하면서 모욕적인 말을 거침없이 늘어놓았다. 지금도 남편의 혹평이 당장 기분을 망가뜨릴 것만 같다. 나는 재빨리 남편 말을 무시한다. 대신 석환 씨와 주변 사람들 말을 믿으며 다시 웃어본다. 하얀 이가 드러나면서 도톰한 입술과 웃고 있는 눈과 조화를 이룬 얼굴은 지하철이나 백화점 화장실에서 거울을 보며 자기 얼굴에 심취해 있던 그녀들 이상으로 자신감에 차 있다. 자신감은 계속 밀물처럼 밀려들고 나는 부지불식간에 "거울을 자주 보는 여자는 행복하다."라고 중얼거린다.

거울 속의 내 얼굴은 지금 석환 씨와 함께 있는 것처럼 행복하고, 3주간의 일본 출장을 마치고 드디어 오늘 오후 그가 돌아온다는 것은 결코 꿈이 아니다. 그가 인천공항에 도착하면 만나자마자 어떤 얼굴 표정을 해야 하며, 어떤 몸짓을 취해야 하며, 어떤 말을 할 것인지 미리 생각해 두기로 한다. 보자마자 달려가 와락 안기고 싶지만 그래서 외국 영화에서처럼 갈증 난 키스를 숨 막히게 퍼붓고 싶지만 아직까지 우리 한국사회에서 그게 어디 가능한 일인가. 그렇다면 적당한 거리에서 그를 향해 미소 지으면서 그 미소에 21일 동안 목이 까맣게 타들어 간 그리움을 한 방울도 흘리지 않고 고스란히 담아 내기로 한다.

나는 그 극적인 순간을 한 점 후회 없이 실현해 내리라 마음먹으며 다시 표정 연출에 몰두한다. 입은 꼭 다물되 약간 내민 상태에서 보조개가 최대한 도드라지게 미소를 지어 본다. 생각대로 귀여워 보인다. 그리고 도톰한 아랫입술이 강조되어 특별한 느낌을 발산한다. 나는 평소 입술을 쫑긋 내미는 버릇이 있고 석환 씨는 그때마다 키스하고 싶은 충동을 불러일으킬 정도로 섹시하다고 했다. 낭만이라곤 털끝만큼도 없을 뿐만 아니라 여자 자체에 무관심한 남편조차 "당신 그 버릇 좀 고쳐. 입술을 쫑긋 내밀면 남자들이 키스하고 싶어지니까."라고 일침을 놓은 적이 있었다. 그래도 뭘 알기는 아는지…….

여성에 대한 감성이 전무한 남편의 당부를 생각해 보더라도 내 입술이 섹시한 건 틀림없다는 확신이 든다. 화장대에서(화장대는 석환 씨를 알고 난 즉시 사들였다) 자주색과 펄이 든 분홍색 루즈를 골라 발라 본다. 자주색은 야한 느낌이 강하고, 펄이 든 분홍색이 무난한 것 같지만 너무 밝아 보인다. 선뜻 내키지 않아 루즈는 나중에 생각하기로 하고 옷을 고르기로 한다.

이미 마음속에 카키브라운색 실크원피스를 생각해 놓았으므로 망설임 없이 원피스를 꺼내 들었다. 백화점 옷가게 점원이 손님은 귀여운 얼굴이라 원피스가 잘 어울린다고 하면서 나에게 원피스를 입어 보게 하더니 "어머, 이렇게 우아할 줄이야. 딱 손님 옷이에요. 실크의 부드러움과 손님의 촉촉한 피부가 환상적으로 어우러지네요. 이런 손님을 만나면 내가 괜히 누구랑 데이트하고 싶어진다니까요. 실크의 촉감은 남자를 꼼짝 못 하게 하잖아요."라고 수다를 떨었다. 옷가게 점원이 했던 말을 기억하며 원피스를 맵시 있게 걸어놓고 한 발 떨어져 바라본다. 점원이 했던 말은 옷을 팔기 위한 호들갑이 아니란 걸 믿어도 좋을 것 같다. 또 실크원피스는 그와 첫날밤을 치른 특별한 의미를 가진 옷이기도 하다.

헤어스타일이야말로 미리 생각해 둘 일이다. 사람의 이미지는 헤어스타일에 달려 있고 중요한 일을 앞두고 헤어스타일을 어떻게 할 것인지에 대해서는 남녀노소를 불문하고 고민 중 고민이기 때문이다. 어깨까지 내려온 머리는 약간 웨이브가 있어 때론 스트레이트로 매끈하게 펴기도 하고 웨이브 상태를 좀 더 살려 부풀리기도 하지만 석환 씨는 둘 다 좋다고 했다. 무엇이나 둘 다 좋을 때 선택하기가 어렵다. 가을에 맞게 웨이브를 살리는 편이 더 좋을 것 같아 머릿속에 열 손가락을 집어 넣어 머리를 부풀려 본다. 부풀림이 쭉 뻗어 내린 스트레이트보다 우아해 보이고 얼굴이 더 작아 보인다.

나르키소스처럼 거울 앞을 떠나지 못한 채 이제 무엇을 할까? 하고 생각 중인데 집 전화벨이 울렸다. 그는 결코 집 전화로 전화를 거는 법이 없다는 것과 아직 이른 시간이란 걸 의식하며 느리게 수화기를 집어 들었다. 아정이었다. 배가 아파 양호실에 누워 있는데 집에 갈까 말까 생각 중이라는 것이다. 아정이는 가끔 그런 전화를 잘 걸었다. 인내심이라곤 약에 쓸래도 없는 탓에 소화가 좀 안 되거나 머리가 약간 띵 해도 양호실을 드나드는 아이다. 요즘 아이들이 다 그렇지만 아이를 강하게 키우라는 담임선생님의 충고를 생각하며 "또 어디가 아픈 거니?"라고 쌀쌀맞게 물었다. 아정이는 "배가 좀 아파서."라고 얼버무렸다. 나는 다시 너는 조금 더 인내하지 못하고 걸핏하면 양호실에 눕느냐고 야단을 쳤다. 아정이는 엉거주춤하더니 괜찮다는 말과 함께 전화를 끊었다. 휴대폰이 아닌 집 전화로 전화를 한 것도 내가 집에 있는지 어떤지 확인하려는 속셈이 분명하다. 예전에도 조퇴를 하고 집으로 와 멀쩡하게 놀고 있었다.

나는 다시 석환 씨에 대한 생각으로 돌아오고 오전 10시가 지났음을 확인한다. 어제보다 전화가 늦어진다는 생각이 들고 조금 초조해진 마음에 휴대폰을 만지작거리는데 다시

집 전화가 울렸다. 이번엔 전혀 긴장감 없이 아까보다 더 느리게 수화기를 집어 들었다. 역시 아정이었다. 배가 좀 아팠지만 정말 아무렇지도 않으니 걱정하지 말라는 것이다. 목소리도 또랑또랑해 나는 아정이의 엄살이 보통이 아니란 걸 다시 한 번 느낀다. 오직 저 하나라는 것을 이용해 꾀병을 앓을 때가 허다했기 때문이다. 초등학교에 다닐 때 걸핏하면 배가 아프다며 무조건 누워 뒹굴기 일쑤였고 그때마다 친정엄마와 내가 놀라 쩔쩔맸는데 나보다도 엄마가 할머니의 과잉보호를 아낌없이 쏟아붓는 바람에 응석이 더 심해진 아이다. 그래도 이젠 중학생이랍시고 엄마가 걱정할까봐 안심시키는 딸아이가 제법 철이 들었다는 생각을 하게 한다.

휴대폰은 좀처럼 울리지 않고 벨이 울리기를 기다리며 전화기를 바라보는 건 못할 짓이다. 금방 휴대폰이 명랑한 음악소리를 울려 줄 것만 같은데, 꼼짝하지 않을 때는 편두통이 오는 수가 있었다. 나는 편두통이 일어 기분이 망가지는 것을 막기 위해 마음을 안정시키려고 애쓴다. 전화는 반드시 올 것이고 좀 늦어질 수도 있기 때문이다. 그는 평소에도 출근하여 아침회의가 끝나자마자 전화를 했지만 사정이 여의치 못할 때는 점심시간이 훨씬 지난 다음에야 전화를 했다. 그리고는 "기다림 끝에 받는 전화가 더 반갑지? 감격스럽잖아."라고 장난기 섞인 말을 하며 미안해했던 일을 떠올린다. 어제 아침 전화에서 '아마'라고 여운을 남긴 것도 그런 생각을 들게 했다. 오전에 전화를 하겠다고는 했지만 오늘도 틀림없이 점심시간 이후에나 전화가 올 것이라고 짐작하며 헬스장에 가기 위해 집을 나섰다. 무슨 생각엔가 골똘해져서 아무 일도 할 수 없도록 마비될 때는 누구와 이야기를 하든지 뛰든지 하면서 생각을 분산시키는 것이 제일이라는 믿음 때문이다. 어차피 오늘은 헬스장에 가는 날이기도 하다.

세 여자

넓은 실내를 울리는 음악 소리와 움직이는 사람들, 헬스장은 경쾌함으로 가득하다. 경쾌함을 생산하는 공장 같다. 나와 동갑내기인 두 여자가 먼저 와 있었다.

"하이, 승연 씨."

"안녕하세요. 세진 씨."

전업주부여자가 나를 향해 인사를 했다. 가정선생여자는 말없이 고개만 까딱했다. 나도 전업주부여자 이름을 부르며 인사에 답을 해 주었다. 가정선생여자에게는 그녀처럼 고개만 까닥했다. 내가 두 여자를 알게 된 것은 10개월 전 이곳 헬스장에서다. 석환 씨를 알고부터 몸 관리를 하기 위해 헬스장에 다녔기 때문이다.

두 여자는 어려서부터 친구였는데 지금도 강남권의 같은 아파트에서 살고 있다고 했다. 그래서 가정선생여자는 전업주부여자를 '세진아'라고 부르고 전업주부여자는 가정선생여자를 친구이지만 이름 대신 '김 선생'이라고 부른다. 모르는 것이 없는 가정선생여자는 친구사이라도 '선생'이라는 호칭을 붙이지 않으면 기분 나빠 한다는 것이다. 한편으로는 우리에게 선생 노릇을 하는 탓이기도 하다.

우리는 모두 마흔세 살 동갑내기인데다 어려서부터 함께 자라지는 않았지만 알몸으로 알게 되었으므로 전업주부여자는 곧잘 고추친구라고 강조한다. 따지고 보면 맞는 말이다. 고추친구라는 말은 옛날 시골 냇가에서 사내아이들이 홀랑 벗고 물장구를 치며 놀던 데서 유래했다는데, 우리 세 여자도 운동을 하고 난 다음 샤워를 하면서 알몸으로 수다를 떨기 때문이다. 그렇더라도 나는 두 여자와 헬스장에서 운동하고 샤워하고 헤어지면 그뿐이다. 수다도 두 여자가 떨고 나는 주로 듣는 편이기 때문이다. 두 여자는 어려서부터 친구로 지내 온 탓에 허물없이 수다를 떨게 마련이고 나는 주로 듣는 편인 것은 자연스러운 일이다.

오늘도 헬스장에 들어올 때 전업주부여자가 나를 향해 명랑하게 인사를 하고 나는 그녀를 향해 다소 격식 있는 인사를 한 것도 그래서이다. 그러다 보니 나는 그녀들 앞에서 전학 온 학생처럼 다소곳해지기 마련이다. 말하자면 기가 죽는 것이다. 내가 그녀들 앞에서 기가 죽는 것은 그녀들이 친구사이이기도 하지만, 여러 가지 면에서 나보다 월등하다는 것을 의식한 탓이다. 지금까지 살아온 환경이 그렇고, 학벌이 그렇고, 강남의 상류층에 버금가는 아파트에서 사는 것 등등이 그렇다. 그런데 무엇보다도 두 여자 남편들 직장이 내 남편과 비교할 수 없다는 것이 나를 기죽게 만드는 가장 큰 이유이다.

여자들은 모였다 하면 남편 직장과 가진 것을 저울질하기 마련이고 두 여자 남편들은 그녀들이 똑 떨어지게 밝히지는 않았지만 짐작건대 대기업에 다니거나 적어도 그 정도에 준하는 직장의 높은 직급으로 알고 있다. 만약 잘못 알고 있다 하더라도 나는 남의 남편 직장이나 직업 따위를 절대로 묻지 않는다. 내가 상대에게 그런 걸 질문하면 상대도 나에게 질문할 것이 뻔하고 직업엔 귀천이 없다고들 하지만 "내 남편은 꽃상가에서 꽃을 팔고 있어요."라고 말할 자신이 없기 때문이다. 아무튼 그녀들은 엘리트 계층의 고급 화이트칼라 남편을 둔 것이 틀림없고, 내 남편은 조경원과 꽃가게 사장이니 뭐니 해도 노동자에 다름 아니다.

두 여자는 이미 러닝머신을 타고 있었다. 나도 러닝머신을 작동시켰다. 핸드펄스에 중급자 버튼을 선택하고 목표는 최고 6킬로미터를 선택했다. 좀 과한 것 같지만 유산소 운동은 20분 동안 뛴 후에야 지방을 태우는 에너지가 발산하기 때문이다. 두 여자가 내 옆에서 나란히 뛰고 있다. 두 여자의 몸매가 대조적이다. 전업주부여자는 비만에 가까울 정도로 뚱뚱하고 가정선생여자는 지나치게 말라 뼈가 앙상하게 드러나 보인다. 자신의 몸이 뚱뚱하다는 것을 항상 의식하는 전업주부여자는 틈만 나면 직장생활을 할 때는 날씬했다고 추억하면서 군살이 없는 나를 입버릇처럼 부러워한다. 그녀는 불과 5년 전까지만 해도 서울 시내 모 은행에서 근무했는데 아이들 교육문제로 집 안에 들어앉게 되었다고 했다. 그리고 아이들과 싸우면서 받은 스트레스가 70킬로그램에 육박하는 살덩이로 변했다는 것이다. 그래서 헬스장에 나와 살을 빼려고 안간힘을 쓰지만 웬일인지 살이 더 찌는 것 같다며 울상을 지었다.

가정선생여자는 보기에 안타까울 정도로 깡마른 체형인데도 깡마름에 대해 단 한 번도 불평을 하거나 보통 체형인 내가 부럽다는 말을 하지 않았다. 헬스장 원장이 귀띔해 준 바에 의하면 살이 너무 없어 자칫 마흔세 살에 할머니처럼 주름이 갈까 봐 누구보다도 열심히 운동을 하는 거라고 했다. 그럼에도 본인은 헬스장에 다니는 것은 몸매 따위에 관심이 있어서가 아니라 다만 취미일 뿐이라는 식으로 말했다. 솔직하지 못하다는 생각이 들었다.

몸이 전혀 반대인 두 여자는 운동복도 상반되게 입고 있다. 깡마른 가정선생여자는 헐렁한 박스형 면티와 반바지를 입었고 비만인 전업주부여자는 몸에 찰싹 달라붙는 옷을 입었다. 뛰는 것도 폼이 확연히 다르다. 가정선생여자는 여분의 옷을 펄럭이며 새처럼 경쾌하게 뛰고 전업주부여자는 출렁거리는 뱃살을 손으로 붙들고 뛰고 있다. 그걸 보고 언젠가 두 사람이 옷을 바꿔 입어야 맞지 않느냐고 헬스장 원장에게 슬며시 말했더니, 살이 많을수록 꽉 조이는 옷을 입고 운동을 해야 효과가 좋고, 살이 너무 없는 경우는 헐렁하게 입는 것이 몸을 압박하지 않아 좋은 거라고 했다.

나는 그녀들의 몸을 바라보며 외모에 있어서는 두 여자보다 월등하다는 자부심을 갖는다. 그렇더라도 그건 순전히 김석환 씨를 염두에 둔 것일 뿐, 두 여자의 몸매를 무시하는 것은 아니다. 마른 체형인 가정선생여자도 따지고 보면 움푹 패인 쇄골미인으로는 으뜸이다. 어깨 안쪽 쇄골이 비 온 뒤 땅 위로 불거져 나온 나무 뿌리처럼 굵게 가로질러 있고 오목한 삼각 샘이 만들어져 있다. 거기에 물 한 종지쯤 부어도 될 듯한데, 장난기 많은 전업주부여자가 종이컵에 물을 담아 와 부어 본 적이 있었다. 반 컵쯤 채워졌고 우리는 세계적인 쇄골미인이라며 박수를 쳐 주었다. 박수를 쳐 주고부터 가정선생여자는 그걸 은근히 연예인급이라면서 과시하는 눈치다. 옷도 쇄골이 나오도록 한쪽 어깨가 벗겨질 지경으로 입는 탓에 차 한잔 마시는 동안에도 한 손은 쉬지 않고 옷을 끌어당기는 수고를 해야 한다.

뛰면서 열이 오르자 가정선생여자의 쇄골이 더욱 굵게 드러나 보이고 귀밑으로 올라가는 핏대가 칡넝쿨처럼 푸르게 뻗친다. 전업주부여자의 뱃살은 더욱 처져 보인다. 나는 가정선생여자처럼 경쾌하게 뛰면서 드럼통과 흡사한 전업주부여자를 훔쳐보며 전혀 출렁거림이 없는 배와 허리를 과시한다. 허리뿐만 아니라 내 대퇴부는 여자로서는 드물게 탄탄한 근육을 갖고 있다. 십 년 넘게 꽃시장에서 단련된 몸이란 걸 알 까닭이 없는 헬스장 원장은 자기네 헬스장에 다니면서 운동을 한 덕이라고 선전하지만, 천만의 말씀이다. 남편과 함께 크고 작은 꽃바구니에서부터 대형화환을 만들어야 했던 막노동이 만들어 준 선물(그때는 지독한 고통이었지만)이다.

그러니까 잠자는 시간을 제외하고 하루 세끼를 서서 먹을 정도로 몸을 움직여야 했던 고달픈 과정을 거친 내 몸은 군살 대신 근육질로 단련된 것이다. 그래서 석환 씨는 물론 두 여자도 가끔 손으로 대퇴부를 꾹꾹 눌러 보면서 축구선수 같다고 감탄하지만 나는 석환 씨를 비롯한 헬스장 원장과 두 여자뿐만 아니라 그 누구에게도 강남 지하 꽃상가에서 꽃장사를 했다는 과거를 말한 적이 없다. 아무리 생각해도 남에게 툭 터놓고 말할 자신이 없었다. 속 모르는 사람들은 아름다운 꽃 속에 파묻혀 살아가는 것이 얼마나 행복하냐고 부러워하지만, 마치 돈뭉치에 시달린 은행원들이 돈뭉치에 몸서리가 난다고 진저리를 치는 것과 같다.

아침부터 꽃으로 시작해 꽃으로 끝나는 일상은 중노동일 뿐이다. 꽃의 아름다움 속에 감추어져 있는 찔림, 할큄, 가려움, 끈적임, 무거운 무게 등등. 바라보는 꽃과 만지는 꽃의 차이는 전혀 딴판이란 걸 사람들은 상상도 못할 일이다. 화환이나 꽃바구니에 기본으로 들어가는 거베라의 끈끈이와 이끼는 '악마의 웃음'이라는 악명답게 두꺼운 작업용 면장갑을 끼는데도 손가락뿐만 아니라 손톱 밑까지 새까맣게 파고드는 독종이다. 부직포 수세미에 비누를 묻혀 박박 문질러 씻어 내더라도 거뭇한 이끼가 마치 악마의 웃음처럼 손톱 밑에 악착같이 남아 있고, 끈적임은 손가락이 쩍쩍 달라붙을 정도로 끈덕지게 자기 존재를 과시한다.

그래도 그것까지는 견딜 만한 것이었다. 가시를 달고 있는 홍가시나무, 귀신가시나무, 떨기가시나무, 장미 등 가시 돋친 소재들은 호시탐탐 살(肉)을 노렸다. 손가락, 손등, 손바닥뿐만 아니라 얼굴과 눈, 목덜미, 심하면 가슴 속 유방까지 치고 들어가 찌르고 할퀴면서 몸을 흉터투성이로 만들었다. 가시 중에서도 앙칼진 장미가시는 반드시 피를 보고야 말았다. 남녀 구분 없이 사람들이 장미를 가장 선호하는 탓에 하루에 수십 단의 장미를 만져야 했고, 하루에 수십 번 장미가시에 찔렸다. 장미가 아름다울수록 가시는 앙칼졌다. 아름답기로 소문난 잉그리드버그만, 아베마리아, 블루문,

댄싱퀸 등은 좀처럼 손에 쥐기조차 어려웠다.

원추형의 기가 막힌 황금비율을 자랑하는 콜로라도산 은청가문비나무도 마찬가지였다. 은색과 청색이 어우러진 빛깔이 고급스럽고 품위가 있어 귀족나무로 불리는 은청가문비나무는 한겨울 크리스마스 트리로 유명한 탓에 12월이면 집중포화를 퍼붓듯 한꺼번에 나를 괴롭혔다. 은청가문비는 사나운 가시를 가진 건 아니지만 침엽의 잔가지가 모여 있고, 탄력 좋은 강아지 꼬리처럼 잔가지가 많아 가까이 다가섰다 하면 얼굴과 팔다리를 장난하듯 더듬으면서 꼭꼭 찔러대고, 찔렸다 하면 밤새 몸을 긁느라 잠을 잘 수가 없었다. 아무튼 꽃장사를 했던 과거를 숨긴 나도 가정선생여자처럼 솔직하지 못하기는 마찬가지다. 어떤 사람들은 남 앞에 당당히 내놓을 수 없는 과거라 하더라도 그것을 과감히 말할 수 있는 용기가 있어야 한다고 하지만 세상은 그렇지가 않았다. 그 사람의 진가를 충분히 인정했다가도 혹은 존경까지 했다가도 뭔가 자기네들보다 취약한 부분을 알고 나면 단번에 얕보는 것이 인간의 심리였다. 그래서 비록 솔직하지 못하더라도 나는 앞으로도 꽃꽂이 작가 이승연의 꽃장수 시절을 모르는 사람들에게는 나의 과거를 결코 말하지 않을 작정이다.

이런 이유로 나는 종종 석환 씨처럼 자신에게 어울리는 직업을 가진 사람을 부러워한다. 사실 꽃장사는 나와 어울리지 않았다. 석환 씨뿐만 아니라 전업주부여자와 가정선생 여자도 처음에 나를 알았을 때 무척 아카데믹하다고 했을 정도로 나는 주변사람들로부터 지적인 분위기를 갖고 있다는 말을 많이 들었다. 그런 말을 들을 때마다 억울한 생각이 들었다. 겉으로 보이는 이미지는 그 사람이 가지고 있는 천성이나 행위로부터 발현되는 것은 상식이고, 나는 정말 학문의 길로 가고 싶었기 때문이다. 그나마 다행인 것은 뭐가 됐든 가르치는 일을 하고 있으며, 이제는 꽃을 파는 장사꾼이 아니라 당당한 예술가가 되었고, 나에게 있어 꽃이 판매하는 물건이 아니라 작품이라는 개념으로 바뀌었다는 것이다.

그런데 남편은 종종 "당신은 아주 고상하게 보이거나 그 반대야. 그런데 누가 꽃시장에서 꽃 파는 여자를 고상하게 보겠냐구."라고 부정적으로 말했다. 그런 말을 들을 때마다 나는 남편이 좋은 목소리를 타고났지만 어울리지 않는 것처럼 나도 타고난 좋은 것을 손해 본다는 걸 알았다. 남편 말은 틀린 말이 아니었다. 엄마를 생각해 보면, 엄마는 내가 봐도 고상한 귀부인 자태가 흘러넘치지만 남편 말대로 시장바닥 초라한 과일가게에서 과일이나 팔고 있는 엄마를 고상하게 보는 사람은 없었다. 나는 남들로부터 좋은 말을 들을 때마다 오히려 내 처지를 원망했고 엄마 역시 "나도 있는 집에 태어났더라면 누구 못지않게 빛났을 텐데, 별것도 아닌 것들이 거들먹거리는 걸 보면…….”이라고 한탄할 때가 많았다.

별것도 아닌 것들이 거들먹거린다고 엄마가 한탄할 때마다 나는 반드시 성공해서 그 사람들 못지않게 엄마를 호강시켜드릴 거라고 다짐했다. 내가 조경과에 입학한 것도 따지고 보면 엄마 때문이었다. 엄마는 고향 친구네가 정원수를 키우는 산을 갖고 있는데 소나무 한 그루에 수백만 원에서 수천만 원짜리가 있는가 하면 일반 정원수만 해도 한 그루에 수십만 원이 간다면서 부러움을 입에 달고 살았다. 허름한 과일가게로 생계를 꾸려 가는 엄마로서는 당연했다. 그런데 엄마는 그 사람들을 부러워하면서도 어이없어 했다. 알 수 없는 것이 사람 팔자라고 하면서 입버릇처럼 옛날 일을 들춰냈다. 엄마와 함께 자랄 때는 엄마네와 비교조차 할 수 없이 가난해 가끔 도와주기도 했는데, 재산이라고는 아무 짝에도 쓸모없는 산 하나 달랑 있었는데, 그래서 가족들이 남의 집 일을 해서 겨우 살아가는 형편이었는데, 자식은 많고 어느 자식 하나 제대로 공부시키지 못했고 동네에서 사람 대접도 받지 못했는데, 언제부턴가 산에다 나무를 심기 시작하더니 뜻밖에 부자가 됐다고 했다.

그런 말을 듣자 갑자기 희망이 솟구쳐 올랐다. 외가에도 산이 하나 있다는 것을 생각하며 엄마를 졸라 조경원을 구경하러 갔다. 엄마 말은 과장이 아니었다. 한쪽에서는 묘목을 키워 분양하고, 묘목을 성년으로 키워 놓은 나무는 마치 미인대회에서 미인들만 뽑아 세워 놓은 것처럼 산을 채우고 있었다. 우리나라 어딜 가나 흔해 빠진 것이 소나무이고 가는 곳마다 가장 먼저 보이는 것이 소나무이지만 그렇게 다양한 소나무 종류가 있고 그렇게 비싸다는 것은 처음 알았다. 그중에서도 세계에서 유일하다는 백두산소나무 미인송, 세계 3대 정원수 중에 제일이라는 금송, 잎이 길게 처져 내려 예술미가 흘러넘치는 처진소나무(희귀종), 부와 명예를 상징한다는 황금송, 수피가 벗겨져 몸체와 가지가 하얀 백송(옛날 사찰과 서원에 주로 심었다고 한다.), 조선적송이라는 금강송 등에 반하고 말았다. 소나무뿐만 아니라 헤아릴 수 없이 많은 나무들과 처음 본 희귀한 나무들이 나를 사로잡았다.

산을 구경하고 돌아온 다음 날부터 내 머릿속에는 온통 나무들로 가득했다. 꿈에 부풀어 오른 가슴에서 방망이질이 그치지 않았다. 나무를 공부하여 엄마의 한을 풀어드리고, 나는 나무와 함께 동화처럼 살기로 결심했다. 남편도 그런 꿈을 품고(조경과 학생들 모두 그런 것이지만) 조경과에 왔다고 했다. 우리는 학교를 졸업할 때까지만 해도 그렇게 근사한 꿈을 키웠다. 그런데 막상 학교를 졸업하고 사회에 나오자 우리를 기다리는 건 막연함뿐이었다. 외갓집 산은 너무 높은 데다 교통이나 여러 가지 조건이 나무를 심기에는 부적격한 곳이었다. 조경원을 하기에 적당한 산은 야산 수준이어야 하고 동남간이어야 했다. 설사 외갓집 산이 조건에 맞는다 하더라도 나무를 심자면 그만한 자본이 있어야 했다.

우리는 남의 조경원에서 고용살이를 하든지 아니면 동네 모퉁이 구멍가게라도 얻어 농장에서 꽃을 떼다 팔든지 하는 것이 전부였다. 남편과 나는 결국 거부할 수 없는 현실에 순종하면서 강남 지하 꽃상가에 3평이 될까 말까 한 가게를 임대하여 생화와 화초를 팔기 시작했다. 팔리지 않았다. 강남지하 꽃상가는 꽃으로 가득 차 있고 세상은 말 그대로 물 샐 틈 없이 엄정했다. 꽃상가에 들어온 손님들은 처음엔 눈이 휘둥그레진 채 멍하게 둘러보지만 예민한 감지기를 가진 벌들처럼 곧 싱싱한 꽃이 가득한 큰 꽃집으로 발걸음을 옮겼다.

그런 식으로 손님들이 보잘것없는 우리 가게를 비켜 갈 때마다 시시각각 시들어 가는 꽃들과 함께 나와 남편의 꿈도 시들어 갔다. 물에다 식초를 붓고 백반을 배로 늘려 넣어도 하룻밤만 자고 나면 어김없이 시들어 버려서 팔리는 것보다 버리는 것이 더 많았다. 버릴 때마다 어린 시절 매일같이 시들고 반쯤 상한 과일만 먹이는 엄마가 떠올랐다.

"과일은 앞으로 남고 뒤로 밑지는 장사지 뭐냐. 하루가 무섭게 시들해지고 썩는 바람에 할 짓이 아니야. 손님들은 불과 몇천 원어치를 사면서도 무슨 심산지 푸짐하게 과일이 쌓여 있어야 사 가니……."

못다 팔면 이웃에 인심을 쓰더라도 과일을 가게 안에 그득히 쌓아 놔야 한다고 엄마는 울상을 지으면서 날마다 시들한 과일을 집으로 가지고 왔다. 그리고 집집마다 나누어 주기에 바빴다.

나도 엄마처럼 차라리 버려질 화초를 주변 사람들에게 나눠 주기로 마음먹었다. 더 시들기 전에 화분을 들고 나섰다. 마치 미혼모가 키울 수 없는 아이를 어딘가에 슬며시 놓아두고 달아나듯이 인근 사무실을 돌며 계단이나 복도에 가져다 놓았다. 그냥 놓아 두는 것이 아니라 "저를 가져다가 예쁘게 키워 주세요."라는 문구와 상호가 새겨진 스티커를 붙여 두었다. 스티커를 붙인 것은 가게를 선전할 목적이 아니라 요즈음엔 정체불명의 수상한 물건을 겁낸 탓이었다. 사람들이 잘 가져가 주었다. 그런데 세상엔 공짜가 없었다. 사무실 여직원들이 그것들을 가져다 키우는 재미에 빠지면서 점점 우리 가게를 찾기 시작했다. 본의 아니게 가게를 선전한 것이 되고 말았다. 그렇게 일 년이 지났을까? 여기저기서 화환, 꽃바구니, 꽃다발, 심지어는 사무실에 정기적으로 꽃을 꽂아 달라는 주문이 밀려들었다.

나는 사무실로 출장 꽃꽂이를 다니기 시작하고 남편은 화환제작을 하기 시작했다. 사무실은 작은 사무실에서부터 유명 대기업 사무실까지 다양했다. 하루 세끼를 서서 먹었다지만 점심은 시간에 쫓겨 거를 때가 더 많았다. 서로 주고받는 말도 작업에 필요한 것만 해야 했다. 몸을 움직인 만큼 돈이 들어왔다. 덕분에 중형 아파트를 샀고, 강남 꽃상가 중에서 제일 큰 가게를 샀고, 남편은 경기도 하남 변두리에 계곡을 낀 산 5천 평을 샀다. 남편은 소망한 대로 거기에 정원수와 묘목을 심어 분양하면서 산을 조금씩 늘려 가는 중이고, 나는 이제 세계적으로 인정받는 독일 마이스터 자격증을 따는 일만 남겨 두고 있다.

나보다 먼저 운동을 시작한 두 여자가 "승연 씨, 그만해요. 너무 많이 해도 독이 된다는 거 몰라요?"라고 하면서 샤워실로 들어간 후에야 시계를 봤다. 한 시간 이상 뛰었고 땀도 평소보다 배나 많이 흘렸다. 가슴골에 손을 넣어 땀을 닦아 내며 두 여자 뒤를 따라 샤워실로 갔다. 두 여자가 샤워기를 들고 이리저리 둘러대며 몸을 씻기 시작했다. 나도 샤워기를 틀어 몸에 댔다. 소나기가 몸을 쓸어내리고, 물과 맨살의 만남은 예전과는 전혀 다른 것이었다. 샤워할 때의 쾌감은 인간이라면 누구나 느낄 것일 테지만, 나의 경우 석환 씨를 알고부터는 그것을 훨씬 뛰어넘은 느낌이었다. 수십 개 소나기가 내 몸 속에 꼭꼭 숨어 있는 성감대를 모조리 찾아내어 자극하고, 나는 눈이 슬슬 감길 정도로 아득한 라일락 향기 같은 황홀감에 취했다. 황홀감은 그와 처음으로 밤을 함께할 때 느꼈던 그 특별한 감각과 다르지 않았다. 그와 세 번째 만나던 날 비로소 섹스에 성공했다. 사람들은 섹스에도 성공과 실패가 있느냐고 의아해하겠지만 나에게는 그랬다.

나는 결혼을 하고도 섹스에 대해 부정적이었다. 사람들은 섹스를 아름답다고 말하기도 하지만 나에겐 아름답기는커녕 무의미한 것이었다. 무의미할 뿐만 아니라 못마땅했다. 신은 하필이면 왜 그런 방법으로 인간을 종속하게 만들었을까, 고귀한 자식을 왜 그런 방법으로 태어나게 했을까, 하는 터무니없는 불만까지 갖고 있었다. 아무리 생각해도 동물 같은 그런 행위는 점잖은 사람이 할 짓이 아니었다. 저절로 고개가 숙여지는 존경받는 사람들, 아주 근엄한 사람들을 볼 때마다 "저런 사람도 그런 짓을 할까? 그런 짓을 할 수 있을까?"라는 말도 안 되는 의문에 시달려야 했다.

그랬던 내가 석환 씨와 첫날밤을 치르면서부터 생각이 바뀌고 말았다. 섹스에 대한 미성숙함이 일종의 병이었다면 석환 씨는 내 병을 치료해 준 치료사인 셈이었다. 신은 내 몸에도 프랑스 말로 작은 죽음(오르가즘)이라는 그 신비한 비밀을 숨겨 놓았고 석환 씨가 그걸 찾아내 준 것이다. 그런데 그 작은 죽음이라는 전율은 다름 아닌 라일락 향기와 흡사했다. 봄이면 사람을 황홀경으로 빠뜨리는 라일락 향기를 꽃꽂이 작가인 나는 누구보다도 잘 알고 있기 때문이다. 클레오파트라와 양귀비가 몸에 지녔다는 페로몬이 신묘한 향기를 가졌다지만 나는 지상에서 라일락의 향기를 따라잡을 향은 없다고 단언한다. 또한 라일락이 사랑을 이루지 못하고 죽은 한 쌍의 영혼이라는 것도 일리가 있지만, 그리스 전설 트리스탄과 이졸데가 마시고 사랑에 빠져 버린 사랑의 묘약도 라일락 향이었을 거라는 설에 적극 동의한다.

"승연 씨, 샤워하면서 졸고 있는 거 아니에요?"

나는 그 아득한 라일락 향기 같은 황홀감에 취해 샤워기를 든 손을 움직일 줄 모른 채 계속 눈을 감고 있었고, 전업주부여자가 장난스럽게 내 옆구리를 꾹 찌르며 흔들어 깨웠다.

"이 분수의 포말이 예민한 여자의 성감대를 더듬는데 온전할 리 있겠어. 황홀경이지."

가정선생여자가 내 기분을 꿰뚫고 있다는 듯이 말했다. 나는 재빨리 샤워기를 몸에서 떼면서 '어머 그런가 보죠.'라며 시치미를 뗐다.

"그 황홀경, 오르가즘과 동격 아닐까?"

전업주부여자가 오르가즘이란 말에 강세를 주면서 재미있다는 표정을 지었다. 전업주부여자가 대뜸 그런 식으로 말한 것은 가정선생여자가 지금까지 성에 대하여 이모저모로 선생 노릇을 한 탓이다.

"에로티즘 연구자들에 의하면, 오르가즘이 꼭 섹스에서만 이루어지는 건 아니야. 종교에서 신으로부터 받는 영적 감동도 오르가즘의 황홀경과 마찬가지라고 하거든. 대표적인 예로 조각가 베르니니가 성녀 테레사의 황홀경을 표현한 조각상을 보면 입을 반쯤 벌리고 눈을 감은 채 하늘을 향하고 있는데, 그건 신으로부터 받은 은총이 최고조로 충만할 때 일어나는 현상이라는 거지. 재미있는 건, 그 조각상을 '에로티즘'이란 책의 표지로 사용했다는 거구."

가정선생여자의 말은 일리가 있었다. 교회 사경회 때 은혜 받은 사람들 얼굴이 떠올랐다. 내가 다니던 교회에서는 일 년에 한두 번 정도 사경회를 했다. 하나님의 특별한 은혜를 받자는 목적으로 밤낮 사흘 정도 하는 것인데 밤이면 통성기도가 행해지고 사람들은 은혜를 받기 위해 여러 가지 몸짓을 했다. 그러다가 은혜를 받고 기쁨에 취할 때는 말로 형용하기 어려운 황홀감이 얼굴에 흘러넘쳤다.

"솔직히 말해 물줄기가 몸을 더듬는 순간이면 기분이 가물가물하지."

언제나 직선적이고 솔직한 전업주부여자가 거침없이 나가기 시작했다.

"그런데 우리 이쯤에서 솔직하게 고백해 볼까? 김 선생너, 그리고 승연 씨, 그거 체험해 보기나 했어?"

전업주부여자는 숨김없이 고백하라는 표정으로 우리를 노려봤다. 나와 가정선생여자는 약속이라도 한 것처럼 입을 다물었다.

"왜 대답이 없어? 두 사람 다 갑자기 벙어리라도 된 거야?"

"그걸 질문이라고 해? 대답이란 질문에 따라 대답할 가치가 있을 때 하는 거야."

입을 닫고 있던 가정선생여자가 학생들을 가르치듯 나무랐다. 가정선생여자 말대로 그런 질문은 당황스럽기 짝이 없었다.

"우리가 지금까지 벌거벗고 앉아 못 한 말이 없었는데 김 선생 너, 이제 와서 어이없게 왜 그래?"

"넌 그래서 숙맥이란 말을 듣는 거야. 우리가 아무리 알몸으로 수다를 떤다지만 정면으로 그런 걸 묻는 사람이 어딨어. 그건 자기만의 프라이버시란 거 몰라서 그러냐구."

"자기만의 프라이버시?"

"감춤의 미란 게 있잖아."

"따지고 보면 이게 다 김 선생 네 탓이야. 그 외설스런 라스코 동굴벽화를 보여 주면서부터 우리 사이에 성에 대한 향연이 시작된 거잖아."

맞는 말이었다. 내가 석환 씨를 기다리는 동안 뜨개질을 하면서 문제풀이에 푹 빠졌던 그 수수께끼의 그림은 가정선생여자가 프랑스 여행을 갔을 때 어렵게 구해 온 것이라면서 우리에게 해석해 보라 했고 그때부터 본격적으로 일명 외설이 시작된 셈이었다.

"외설, 그걸 어떻게 외설스럽다고 하지?"

가정선생여자가 전업주부여자를 향해 답답하다는 표정을 지었다.

"그럼 성기를 곧추세워 놓고 누워 있는 게 외설스럽지 않으면 숭고하기라도 한 거야?"

"에로티즘은 외설과 숭고 뭐 이런 차원과 다르지. 인간의 본능이니까. 그런데 인간의 본능은 신이 창조한 것이고, 인간이 피할 수 없는 본질이고 보면 매우 중차대한 일이 틀림없잖아. 그렇다면 에로티즘은 어쩌면 숭고할 수도 있겠지. 더욱이 거기서 숭고한 생명, 인간이 태어나니까."

"그건 그렇다 치고, 벌렁 누워 있는 남자는 도대체 뭐야?"

"인류학자 조르주 바타이유가 그걸 가지고 4년 동안 연구한 끝에 성과 죽음과 종교의 일치라는 해석을 내놓았는데……."

"아무렴, 그 바타이유란 이름이 나올 줄 알았지."

전업주부여자 말대로 가정선생여자는 바타이유란 학자를 자주 입에 올렸다.

"바타이유에 의하면, 남자가 꼿꼿하게 발기된 성기를 곧추세우고 있는 것은 인간이 성을 종족 번식보다는 쾌락으로 인식했을 뿐만 아니라 금기에 대한 욕망과 인간의 모든 욕망을 상징한 거라고 해석했는데, 아직까지 이견이 없는 걸 보면 그의 생각이 맞다고 봐야지."

"남자 얼굴에 새의 부리가 솟구쳐 있는 건 또 뭐지?"

"남자가 새의 얼굴을 하고 있는 건 인간이 동물성과 신성의 중간이라는 걸 상징한 것으로 보는데, 이 부분은 매우 중요해서 아직도 연구 중이라는 거야. 신이 사람을 신성과 동물성 중간에 있는 '인간(人間)'으로 만든 이유를 캔다는 건데 글쎄……."

"그럼 창자를 흘리며 남자를 노려보는 들소는?"

"창자를 흘리고 있는 들소는 남자들의 사냥을 의미하는 것으로, 인간이 들소 같은 큰 동물까지도 지배한다는 지배의식을 나타낸 것이지. 한편 창자가 흘러나온 들소가 남자를 노려본 것은 인간이 동물을 지배하지만 결코 동물적인 본성은 벗어날 수 없다는 것을 말해 주는 거고."

"그런데 죽음과 성과 종교가 어떻게 일치될 수 있을까?"

전업주부여자가 다시 호기심이 가득한 눈으로 가정선생여자를 쳐다보았다. 그건 나 역시 궁금한 부분이었는데 이번에도 가정선생여자가 기다렸다는 듯이 입을 열었다.

"성과 죽음과 종교의 일치라는 건 황홀경이라는 극점에서 하나로 통한다는 거야. 조금 전에 말한 대로 작은 죽음에 이르는 황홀경은 섹스뿐만 아니라 신의 은총을 받을 때도 그와 똑같은 체험을 하게 되고, 이것은 다시 죽음과 연관된다는 거지."

"성의 극점인 황홀경과 신의 은총에서 받는 황홀경이 같다는 건 이해가 가는데 죽음과 일치한다는 건 헷갈리는데?"

"죽음의 세계는 살아 있는 인간이 체험할 수 없는 영원한 미스터리잖아. 따라서 인간은 죽음의 세계가 궁금하기 짝이 없게 마련이고, 그런데 인간은 죽음의 세계를 다녀올 수는 없지만 가까이 다가갈 수 있는 길이 있다는 거야. 그게 황홀경의 극점이라는 거지. 말하자면 황홀경의 극점에서 육체와 영혼이 잠시 분리되는 순간, 그때 죽음 같은 순간을 체험한다 하여 '작은 죽음'이라는 말을 붙인 거지. 사이비 종교를 생각해 봐. 사이비 종교에서는 반드시 섹스를 동반하는데, 이유는 바로 황홀경, 그 작은 죽음의 세계를 체험하기 위해서라는 거야. 그래야 신을 만났다는 확신을 갖게 되고, 세상이 무너져도 그 신을 배반하지 않게 되니까."

"알 것 같아. 뉴스에 사이비 종교와 도저히 이해 못 할 성 문제가 대두될 때마다 사람이 미쳐도 어쩌면 저렇게 미칠 수가 있나 했는데."

나도 비로소 작은 죽음에 이르는 황홀경으로 인해 성과 죽음과 종교가 하나로 통한다는 걸 처음 알게 되었고, 조금은 이해가 갔다.

"그런데 우리 너무 진지해지지 않았어? 에로티즘에 대해 세미나를 하고 있는 것 같지 않냐구."

전업주부여자가 깜빡 잊었던 걸 생각해 내듯이 우리답지 않다는 표정을 지었다.

"맞아. 이야기가 이렇게 확장되면 정말 학술 세미나가 되는 거지. 자 그럼 나머지 이야기는 꽁꽁 싸매 선반 위에 올려놨다가 다음에 또 하기로 하자."

지금까지 신바람이 난 듯 이야기를 전개한 가정선생여자도 이제 그만하자는 투였다. 동굴벽화에 관한 이야기는 그 정도로 일단락을 지었지만 가정선생여자의 성 예찬론은 계속되었다.

"아무튼 성은 인간문제 중 가장 중차대한 문제야. 특히 남자와 여자가 다른 게 문제지."

"남자와 여자가 어떻게 다르지?"

"생각해 봐. 신혼 초에는 무슨 성스러운 의식이라도 치르는 듯 그 진지함만으로도 황홀했잖아. 그런데 남자들은 시간이 갈수록 습관적으로 변해 가고, 반대로 여자는 시간이 갈수록 오히려 처음 같은 진지함을 추구하거든."

"김 선생 네 말이 맞아. 무드는커녕 한참 자고 있는 사람에게 의사도 물어보지 않고 자기 마음대로 무작정 시도하는 것만 봐도."

"그래서 결혼을 성행위의 습관화라고 하는 거야. 결국 남자 입장에선 습관적인 배설을 하는 셈이고, 여자는 받아내어 주는 역할을 거지. 그것도 인내해 가면서."

두 여자는 내가 평소 생각했던 것과 똑같은 말을 하고 있었다. 남편은 언제나 배설하는 사람이고 나는 받아내어 주어야 하는 입장이라는 것, 남편은 가정의 가장이니까, 아정이 아빠니까, 나는 인내해야 한다는 생각을 하면서 살아왔고 살아가고 있는데, 나만 그렇게 살고 있는 게 아니라는 걸 알게 되자 반가웠다.

"그런데 김 선생 너, 학원에서 아이들 가르칠 게 아니라 성 전문가로 나서야겠다. 여자는 인내하면서 받아내어 준다는 말, 정말 딱 맞는 말이거든. 솔직히 말해 내가 아까 '오르가즘'을 체험해 봤느냐고 두 사람에게 물었던 것도 딴엔 당신들 속내가 궁금해서 그랬던 거야. 정말 난 남편이 만족하고 좋아하면 그뿐이라고 생각해 왔으니까."

"그래서 여자는 손해 보고 사는 것 아니겠어."

"우리뿐이겠어. 세상 여자들 다 마찬가지겠지."

가정선생여자는 손해 보고 살아야 하는 여자를 딱하게 여기고, 전업주부여자는 체념조로 말했다.

"아무튼 섹스는 누가 뭐래도 서로 신비하고 떨리고 진지하기 짝이 없을 때 아름다운 것이지. 그래서 맨 처음의 그 진지한 떨림을 찾아 연애를 동경하게 되고, 또 연애를 하게 되는 거라구. 승연 씨, 안 그래요?"

가정선생여자는 잠자코 있는 나를 향해 그렇지 않느냐고 물었다. 나는 마음 같아서는 "섹스란 신비하고 진지하기 짝이 없을 때 비로소 절정을 체험한다는 걸 당신들은 나만큼 모를 거예요."라고 말해 주고 싶은 심정이었지만 웃어 주는 것으로 대답을 대신했다.

"그게 다 사랑이란 감정이 단명한 탓이지. 사랑의 호르몬이라는 옥시토닌이니 세로토닌이니 하는 그 '토닌'이 오래 가지 못하는 게 죄라니까."

전업주부여자가 짧게 한숨을 쉬었다. 이야기는 그쯤에서 일단락되면서 우리는 모두 탈의실로 나갔다.

셋이 나란히 거울 앞에 섰다. 마치 징병검사를 받는 예비군인들처럼 거울 속에 마흔세 살의 여자들 알몸이 나란히 서 있었다. 깡마른 가정선생여자 몸과 뚱뚱한 전업주부여자 몸과 군살 없이 알맞게 균형 잡힌 내 몸이 대조를 이루었다. 역시 전업주부여자의 두꺼운 뱃살이 내 눈길을 끌었다. 두꺼운 뱃살도 뱃살이지만 그녀는 제왕절개 수술을 두 번이나 한 탓에 깊이 패인 흉터가 계곡 같았다.

"승연 씨는 아직도 처녀 몸 그대로야. 뱃살, 어깻살도 없지 힙도 착 달라붙었지 정말 몸짱!이라니까."

"세진이 넌 귀찮지도 않니? 볼 때마다 되풀이하게. 승연 씨 몸을 오늘 처음 보는 거냐구."

가정선생여자가 신경질적으로 쏘아붙였다. 그녀는 성에 대해서는 열정적으로 일가견을 펼치면서도 몸매에 대한 것만 나오면 못마땅해했다.

"팔십 대 할머니도, 비구니 스님도, 수녀님도, 얼굴과 몸매는 포기할 수 없다는 거 몰라? 그리고 승연 씨는 볼 때마다 달라진 느낌이 드는 탓이지."

정말 가정선생여자가 짜증을 낼 정도로 전업주부여자는 내 몸을 볼 때마다 입버릇처럼 칭찬과 부러움을 참지 못했다. 가식이 아니라는 걸 직감한 나는 들을 때마다 기분이 좋은 것이 사실이고, 나도 상대적으로 전업주부여자에게 호감이 가게 마련이다.

"아무튼 난 승연 씨가 부러워. 솔직히 말해 내가 저 정도라면 가만히 있지 못할 거야."

명랑하고 솔직한 전업주부여자가 또다시 내 몸을 구석구석 살피면서 계속 부러움을 토했다. 그녀도 뱃살을 빼고는 유방이 풍만해 보기에 좋고 얼굴이 희고 둥글어서 누구나 호감을 갖기에 충분한 인상이다. 반대로 가정선생여자는 깡마른 사람답게 푸근한 구석이 전혀 없는 데다 말씨마저 똑부러지고 분명한 탓에 까칠하고 날카롭게 느껴진다. 그렇다고 가정선생여자가 싫은 건 아니다. 무슨 말을 하든지 배울 점이 많기 때문이다.

"승연 씨 부러워할 거 없어. 세진이 너도 연애하는 데 아무런 하자가 없으니까 걱정 말고 나서 보라구."

"나하고 연애하자는 남자가 있어야 말이지. 죽으나 사나 난 내 남편뿐이라니까. 그건 그렇고 승연 씨 남편은 참 행복하겠어. 미인 아내와 살아서. 안 그래요?"

전업주부여자는 자기 말이 맞지 않느냐는 표정으로 나를

바라보았다. 나는 전혀 그렇지 않다는 표정으로 웃었다.

"왜요? 남편이 승연 씨 진가를 몰라주나 보죠?"

눈치 빠른 가정선생여자가 금세 내 속을 눈치챈 모양이었다.

"하긴 남자들은 자기 와이프가 예쁜지 미운지, 나처럼 뚱뚱인지, 김 선생 너처럼 갈빈지, 승연 씨처럼 아름다운지 분별을 못 하는 법이지."

전업주부여자가 푸념하듯 말했다.

"그걸 부부마비증후군이라고 하는 거야."

"부부마비증후군?"

"아무리 고약한 냄새라도 불과 몇 분 만에 마비되고 마는 후각처럼 부부는 서로에 대해 무감각하게 된다는 거지."

"그런데 난 내 남편이 세상에서 가장 잘생겼고 멋있거든. 지금도 남편이 며칠만 출장 갔다 와도 처음 만난 것처럼 가슴이 뛴단 말이지."

"그렇겠지. 세진이 니 남편이야말로 누가 봐도 멋진 남자니까. 직장에서는 능력가로 인정받고, 가정에서는 대한민국에서 둘째가라면 서러워할 애처가니까."

가정선생여자가 전업주부여자 말을 인정했다. 나는 순간 자기 남편에 대해 자부심을 갖는 전업주부여자가 부러웠다.

"김 선생, 내 남편 정말 멋진 남자 맞지?"

전업주부여자가 가정선생여자를 향해 다시 확인하듯 물

었지만 은근히 나에게 자랑하는 눈치였다. 하긴 전업주부여자는 틈만 나면 남편 자랑을 곁들인 탓에 새삼스러울 것은 없었다.

"말이 나온 김에 우리, 남편들 흉 좀 볼까?"

신바람이 난 전업주부여자가 반짝 아이디어를 제시했다. 보나 마나 내 남편에 대한 궁금증 탓이라는 걸 내가 모를 리 없었다. 자기네들은 서로 잘 아는 처지에 새삼스럽게 남편에 대한 이야기를 할 필요가 없었다.

"승연 씨 남편도 멋진 일을 하죠? 아무래도 예술을 할 것 같아요."

결국 전업주부여자가 내 남편 직업에 대한 궁금증을 터트렸다. 나는 못 들은 척하며 딴전을 피웠다. 그러자 눈치 빠른 가정선생여자가 "넌 쓸데없이 남 일에 관심이 많아. 그걸 단순 호기심이라고 하는 거야."라며 핀잔을 주었다. 덕분에 나는 위기를 모면하듯 남편에 대한 화제를 피할 수 있었다. 분위기가 그렇게 되자 두 여자도 화제를 바꾸었다.

나는 거울에 비친 내 몸매에 집중하기 시작했다. 기분이 좋아졌다. 사람은 자신의 장점에 생각을 모으면 즐거워지게 마련인 탓이다. 그렇더라도 불만이 없는 것은 아니다. 알몸으로 거울 앞에 서서 바라볼 때면 맨 먼저 눈에 띄는 것이 유방이다. 전업주부여자가 내 몸매를 부러워한다지만 유방은 탄력이 없어 보이고 처져 내렸다. 아정이에게 모유를 먹인 탓도 있겠지만 그보다는 결혼생활 15년 동안 남편이 탐닉하듯 만진 탓이 더 클 것이란 생각에 짜증이 솟구쳐 오른다. 여자의 생리는 꽃과 똑같다는 류초희 선생님의 말씀대로 꽃도 꽃 입술이 막 벌어지기 시작한 시기에는 손끝으로 꽃봉오리를 빙글빙글 돌리면서 호호 불어 주면 꽃이 빨리 피지만 다 핀 꽃을 자주 만지면 꽃잎이 쉬이 시들고 말기 때문이다.

몸을 돌려 측면으로 바라보면 상태는 더욱 엉망이다. 유방 마지노선 35도 각도마저 무너지고 말았다. 할 수만 있다면 유방 탄력수술이라도 받고 싶은 심정이지만 남편을 속이기란 쉬운 일이 아니다. 눈길을 다시 아랫배로 옮긴다. 아이라곤 아정이 딱 하나를 낳았는데도 아랫배에 튼 자국이 지렁이가 기어간 흔적처럼 눈에 거슬린다. 석환 씨는 내 몸 구석구석에 숨어 있는 단점을 모조리 찾아내는 현미경을 갖게 해 주었다는 생각이 든다. 이런 것이야말로 석환 씨를 알기 전까지는 전혀 눈에 띄지 않았던 것이기 때문이다. 살결은 두 여자와 비교가 되지 않을 정도로 매끄럽다. 내가 만져 보아도 실크처럼 매끄러운 촉감이 느껴진다. 그럼에도 남편은 단 한 번도 내 살결에 대해 칭찬한 적이 없었다. 살결뿐만 아니라, 석환 씨가 칭찬하는 왼쪽 뺨의 보조개며 도톰한 입술에 대해서도 언급조차 한 적이 없다. 가정선생여자 말대로 부부마비증후군일 수도 있겠지만 그보다는 인생에 대해 무미건조한 정서와 지독하도록 과묵한 성격 탓일 것이다.

그런데 석환 씨는 과묵한 성격임에도 남편과 달라도 너무 달랐다. 연애를 하기 때문에? 그렇다면 남편도 연애를 하면 석환 씨처럼 될 수 있을까? 하는 생각이 쳐들어오고 나는 문득 남편이 연애를 할 수 있을지에 대해 상상해 본다. 남편과 여자? 남편과 속삭임? 남편과 은밀한 분위기? 등등을 아무리 생각해 봐도 남편에게는 있을 수 없는 일이다. 연애란 도무지 남편과 어울리지 않기 때문이다. 하늘과 땅, 육지와 바다, 물과 기름처럼 극과 극을 생각하다가 나는 남편과 연애는 극과 극이라는 결론을 내리면서 고개를 흔들고 만다.

눈길을 옮겨 힙을 살핀다. 힙은 전혀 불만이 없다. 탄력이 없는 유방과 뱃살 튼 자국만 뺀다면 나는 전업주부여자가 부러워한 대로 처녀 때 몸을 그대로 유지하고 있다 해도 지나친 말이 아니다. 정작 신경 쓰이는 것은 손이다. 속 몸이야 감출 수 있지만 항상 드러내 놓아야 하는 손은 자신감을 뚝뚝 떨어뜨리기 때문이다. 생각해 보면 이런 손은 열심히 살아온 훈장 같은 것이지만 석환 씨 앞에는 도저히 내놓을 수가 없었다. 그는 자꾸 내 손을 잡으려 하고 나는 노상 감추려고 애쓰는데, 어느 날 내 손을 꼭 쥐고 있던 석환 씨가 "꽃꽂이를 하는 손은 숭고한 어머니 손과 똑같군요."라고 했을 때 정신없이 손을 빼내고 말았다.

나는 손이 주는 매력을 석환 씨를 통해 알게 되었다. 석환 씨의 매력 가운데 하나가 손이었다. 길쭉하게 뻗은 손가락과 티 없이 희고 부드러운 손은 내 손과 너무 대조적이었다. 지적이고 노블레스한 손이 부러웠다.

내가 손을 빼내자 석환 씨는 당황하여 "우리가 아름다운 예술을 누리기까지는 누군가의 헌신이 따르는 거죠."라고 했다. 내 심정을 눈치챈 것이었다. 뭐라고 추켜세우든 나는 석환 씨 앞에 숭고한 어머니의 손이나 위대한 예술가의 손보다는 희고 부드러운 섬섬옥수를 내보이고 싶은 심정이었다. 고민 끝에 피부관리실을 찾아가 방법을 물었다. 관리실에서도 손가락 마디가 굵고 흉터가 잡다한 것은 어쩔 도리가 없다고 했다. 단지 방법은 손을 좀 부드럽게 하는 것뿐이라고 하면서 저녁마다 마사지크림으로 마사지를 한 다음 닦아내지 말고 그대로 일회용 비닐장갑을 끼고, 그 위에 다시 면 장갑을 낀 채 잠을 자 보라고 일렀다. 매일 밤 그렇게 했더니 부드러워지긴 했지만 얼마 가지 못했다. 꽃시장에서 단련된 억센 뼈와 굵은 매듭, 그리고 흉터는 어쩔 수 없는 내 분신이었다.

"근데 승연 씨, 애인 있어요? 아니 있죠?"

전업주부여자가 느닷없이 폭탄 같은 말을 꺼내면서 나를 빤히 쳐다보았다. 다 알고 있으니 빠져나갈 생각 말라는 것처럼 얼굴에 웃음기까지 띠고 있었다. 나는 뜻밖의 상황에, 놀란 표정을 지어야 할지 아니면 반대로 눈썹 하나 까딱하지 않은 채 웃어넘겨야 할지 종잡을 수 없어 어정쩡한 표정을 짓고 말았다.

"아니 그걸 꼭 물어봐야 알겠어? 승연 씨 얼굴에 '나 남자 있음'이라고 딱! 쓰여 있잖아."

언제나 그렇듯이 가정선생여자가 딱 잘라 말했다.

"어머, 내 얼굴에 쓰여 있다구요?"

나는 부지불식간에 두 여자를 향해 물었다. 그렇게 물어서는 안 되는 일이라는 걸 안 것은 말을 하고 난 뒤였다.

"승연 씨, 놀라는 거 보니까 있구나? 그렇죠?"

전업주부여자가 내 얼굴을 빤히 들여다보면서 다그쳐 물었다.

"승연 씬 능력이 있지."

"능력이라구요?"

가정선생여자가 단도직입적으로 능력을 내세웠다. 나는 능력이란 말이 싫지 않으면서도 시치미를 뗐다.

"감성의 능력이죠. 연애는 감성 탓이니까. 그래서 아무나 연애 못하는 거고."

"감성의 능력!"

감성의 능력이란 말이 내 입에서 감탄조로 흘러나왔다. 류초희 선생님이 언젠가 나를 바라보며 "승연이의 눈빛을 보고 있으면 예민한 감성이 느껴지거든. 흔치 않은 눈빛이야." 라고 했을 때 나는 감성에 대해 전혀 이해하지 못했다. 선생님은 기회가 있을 때마다 감성의 능력을 강조했고 나는 차츰 그 말을 좋아하게 되었다. 류초희 선생님은 감성의 능력이야말로 인간을 더욱 인간답게 만들어 준다고 하면서 예술가에게는 필수라고 했다. 그리고 순수한 연애야말로 감성의 능력에서 표출되는 것이라고 했는데, 선생님이 했던 말과 가정선생여자의 말이 딱 맞아떨어진 것이었다.

"승연 씬 무슨 신기루를 발견한 사람 같아요. 감성의 능력이 뭐가 새삼스럽다고."

전업주부여자가 내 기분을 눈치채고 별것도 아닌 걸 가지고 놀란다는 투로 말했다.

"세진이 너, 감성이 뭔지나 알아?"

"감성이 감성이지 별거야."

"감성을 일반적으로 센스와 감각으로만 알고 있는데, 전문가들 말에 의하면 창의력을 이끄는 지고한 힘이라는 거야. 그리고 감성은 연애감정을 유발하는 주원인으로 작용하는 거고. 때문에 감성은 항상 역동적이라는 거지."

"역동적?"

전업주부여자가 고개를 갸웃거렸다.

"그래 역동적, 연애를 생각해 봐도 그렇잖아. 연애하면 장수한다는 말이 뭐겠어. 연애는 활력을 낳기 때문이지."

"다른 건 몰라도 연애하면 장수한다는 건 부추김 아냐?"

"부추김이라니. 생각해 봐, 우선 여자의 경우 애인이 있는 여자는 먼저 몸 관리에 신경 쓰느라 과식을 딱 금하지. 미용에 좋고 건강에 좋다는 것만 골라 먹으며 운동을 열심히 하지. 거기다 하루에 세 번 이를 닦던 걸 입에다 뭔가를 댔다 하면 꼭꼭 닦게 되지. 마사지니 건강클리닉이니 해서 얼굴이며 피부를 열심히 가꾸지. 그러니 얼마나 건강해지고 예뻐지고 즐거워지겠어. 즐거워지니까 건강해지는 건 당연한 거 아니겠냐구. 그런데 정작 중요한 건 인간이 떨림이 일 정도로 희열을 맛보았을 때 뇌신경세포가 생명을 연장하는 호르몬을 분비한다는 거야."

"김 선생 니가 직접 해 본 것처럼 말하잖아. 말끝마다 '하지, 하지' 하는 거 말이야. 그런데 김 선생 너도 나처럼 해가 서쪽에서 뜬데도 연애는 못 할걸, 안 그래?"

"그렇게 안목 없는 소릴 하면 또 나한테 핀잔 듣지. 넌 어린아이처럼 단순하기 짝이 없어서 탈이야. 인간의 내면을 읽을 줄 모른다니까."

사람의 내면을 강조하는 가정선생여자의 말에 나도 공감했다. 그런데 자기를 몰라 주는 것이 자못 화가 난 것 같은 말투에 속으로 웃었다. 전업주부여자가 자기를 비유해 가면서 가정선생여자가 성격상 연애를 못할 것이라는 식으로 말했지만 내 생각은 달랐기 때문이다. 인간의 내면은 차치하고, 전업주부여자처럼 풍만한(비만을 다른 말로 풍만이라고 표현하는 수도 있으니까) 여자를 좋아하는 남자는 있을 수 있어도 막대처럼 깡마른 가정선생여자를 좋아할 남자는 아무래도 찾아보기 힘들 것 같아서였다.

"그래, 난 인간의 내면을 읽을 줄 몰라서 김 선생 니 속도 모르겠고, 뿐만 아니라 연애의 희열이 떨림을 일으키고 그것이 생명을 연장하는 호르몬을 분비한다는 것도 모르겠어."

"세진이 니가 알든 모르든 그건 과학적인 상식이야."

전업주부여자는 정말 가정선생여자 말에 공감을 하지 못한 것 같았지만 나는 하마터면 '맞아요!' 하고 소리칠 뻔했다. 가정선생여자 말대로 석환 씨를 알고부터 나의 모든 것, 숨 쉬는 것까지 내가 새롭게 만들어져 간 탓이었다. 내가 아정이를 낳았을 때 엄마는 여자가 출산을 하는 것은 아이만 낳는 것이 아니라 자기 자신을 낳는 거라고 했다. 모든 뼈와 살이 일단 물러났다가 다시 제자리를 찾아가는 과정에서 고장 났거나 비뚤어진 뼈가 본래대로 맞춰진다는 것이다. 그래서 아이와 함께 새로 태어나는 거라고 했다.

떨림은 정말 그런 것이었다. 떨림은 지금까지 고장 나고 비뚤어진 나의 뼈를 다시 맞추게 만들었다. 석환 씨를 알고부터 몸이든 정신이든 속속 드러나는 내 단점을 더 이상 용납할 수 없었다. 맨 먼저 식사습관과 빠른 걸음걸이와 빠른 말씨부터 고쳐 나갔다. 꽃장사를 하면서 격식을 생각할 겨를 없이 무조건 빠르게 먹던 습관 때문에 그와 식사를 할 때면 그가 절반도 채 먹기 전에 나는 식사를 마치고 기다렸다. 걸을 때도 그보다 늘 앞서가려고 해 주춤거려야 했고 말이 빨라 본의 아니게 말을 많이 하게 되어 늘 후회를 해야 했다.

밥을 젓가락으로 콩알만큼 집어 올려 먹기 시작했다. 국이며 반찬을 먹을 때 내는 소리를 조심했다. 국은 혀를 겨우 적실 정도로 반 숟갈쯤 입에 떠 넣고 꿀꺽 소리가 나지 않게 목 안으로 넘겼다. 김치는 아주 작은 조각으로 나누어 입에 넣고 소리 나지 않게 씹었다. 콩나물을 먹을 때도 두세 가닥을 입에 넣고 우적우적하는 소리가 나지 않게 아주 천천히 입을 움직였다.

내 노력은 그런 식으로 집요하게 진행되어 갔고 남편은 황당해하면서 "당신이 무슨 영화배우야, 모델이야, 갑자기 밥을 왜 그따위로 먹어?"라고 핀잔을 주었다. 엄마는 밥맛이 없더라도 밥은 그렇게 먹는 게 아니라고 충고를 하면서, 혹시 어디가 아픈 건 아닌가 하고 걱정을 했다. 그럼에도 나는 꾸준히 노력했고 그런 덕분에 이젠 품위 있는 식사습관에 충분히 길들여졌다고 자신한다. 걸음걸이도 그를 앞서가지 않을 정도로 교정이 되었다.

돌이켜 보면 걸음걸이 교정엔 웃지 못할 에피소드가 있다. 사람들은 걸음걸이 교정이 뭐가 어렵겠느냐고 생각할지 모르지만 빠른 걸음을 느리게 걷는다는 것은 생각처럼 단순하지가 않았다. 의식적으로 느리게 걸어야 한다고 생각하면서 걷다가도 무슨 생각을 하다 보면 본래 습관으로 돌아가 있었고, 다시 속도를 늦추다 보면 리듬이 깨져 버리고 말았다. 그럴 땐 도로연수를 받는 초보운전자처럼 빨랐다 느렸다 하기를 반복하게 되고 석환 씨에게 금세 들켜 버리고 말았다. 그는 "승연 씨의 걸음걸이는 참 재밌어요. 꼭 걸음마를 연습하는 아이들 같거든요."라고 농담을 하면서 차라리 자기가 빨리 걷기를 하겠노라고 했다. 그가 빨리 걷자 우리는 마치 경보대회를 하는 것 같았다.

생각 끝에 차를 타고 미사리로 나갔다. 평소 내 걸음 보폭은 30센티 정도이고 1초에 한 걸음을 걸었다. 100미터를 걷는 데 30초가 걸리고 30걸음 정도가 나왔다. 그것을 2초에 한 걸음 걷기로 하고 100미터를 걷는 데 1분으로 늘렸다. 그런 식으로 어느 정도 연습이 되었다고 생각되자 친구 민정이를 데려다 함께 걷자고 했다. 영문을 모른 민정이는 모델로 나갈 거냐고 물었다. 그렇지 않아도 얼마 전에 TV에서 주부모델을 뽑는다는 광고를 봤다고 했다. 나는 그렇다고 둘러대면서 민정이를 상대로 걸음걸이 연습을 했다. 연습은 생각대로 잘 되어 갔고 성공한 셈이었다.

그런데 말의 속도는 좀처럼 고칠 수가 없었다. 거기다 그를 만나면 무슨 할 말이 그렇게 많아지는 걸까. 어떤 날엔 혼자서만 너무 지껄였다는 생각이 들어 "내가 종달새 같죠?"라고 물었다. 그는 "무척 사랑스러운 종달새죠."라고 하며 오히려 좋아했다. 그는 정말 내가 열심히 말하는 걸 좋아했다. 그렇더라도 말을 아껴야 한다고 마음먹곤 했지만 결심할 때뿐이었다. 아무래도 타고난 천성일 거라는 생각이 들어 엄마에게 여쭈어 봤더니 나는 어려서부터 종알종알 말을 잘했고 한 번 시작하면 어떤 날엔 잠도 자지 않고 계속하는 바람에 꾸벅꾸벅 졸다가 잠들어 버릴 때가 많았다고 했다. 치과에 자주 드나들었고 피부과에도 다녔다. 피부과에서는 얼굴에 난 검은 점 세 개를 뺐다. 촉촉한 피부유지에는 하루에 오이를 두 개씩 씹어 먹는 것이 최고라고 해 언제나 냉장고에 오이 다섯 개 이상을 넣어 두었다.

"아무튼 떨림도 좋구 생명을 연장해 주는 호르몬 분비도 좋은데 연애 그거 너무 힘들겠다. 여간 부지런하지 않고는 어디 해 먹겠니? 내 남편도 언젠가 그러더라구. 자기 주변에 연애하는 사람이 있는데 보통 부지런한 사람이 아니라구. 그래서 자기 같은 게으른 사람은 평생 가도 연애하기는 틀려먹었다는 거야. 한마디로 연애도 적성이라고 하더라니까."

전업주부여자는 마치 자기 남편을 대신하듯 무척 귀찮은 표정을 지었다.

"답답한 세진 씨, 지금은 어쩔 수 없이 연애시대란 걸 알아야지. 한마디로 감성시대라니까. 여기에 또 바타이유가 불을 붙였거든. 현대인들은 직장생활에서 받는 스트레스로 사물화되어 갈 수밖에 없는데 금기를 위반한 섹스를 통해 인간의 사물화를 막아낼 수 있다고 주장한 거야. 그리고 그것이 문명 발달의 새로운 동력을 얻는 길이라는 파격적인 주장까지 내놓았지."

"금기를 위반한 섹스라면 주로 불륜인데, 불륜 하는 것이 비인간화를 막아 주는 방법이라니? 또 그게 새로운 동력을 얻는 길이라구?"

"불륜을 하라는 게 아니라 문명은 지금까지 사람들이 섹스충동을 자유롭게 표현하는 걸 억압해 왔는데 그걸 풀어주어야 한다는 주장이지."

"간통죄를 없애자고 했던 사람들이 국가가 왜 국민들 이불 속까지 파고 들어가 성 표현을 억압하느냐는 것과 똑같은 소리잖아? 김 선생 너, 어디 가서 그런 소리 했다가는 여자들에게 맞아 죽는 수가 있어. 조심해. 간통죄가 없어졌다고 해서 여자들이 승복한 건 아니니까."

"난 바타이유의 생각을 말한 것뿐이야. 아무튼 인류사의 흐름에 있어 19세기는 영토 확장의 세기였고, 20세기는 물질의 세기였고, 바야흐로 21세기는 감성의 세기라는 걸 알아야 해. 말 그대로 웰니스한 쾌감을 추구하는 시대란 거지."

"생각해 보면 김 선생 네 말, 구구절절 일리가 있어. 섹스만 해도 그래. 쾌감 없는 섹스는 뭐랄까. 소득도 없이 중노동만 실컷 하고 난, 뭐 그런 기분이거든.

"쾌감을 섹스에서만 찾는 건 아니지만 프로이트에 의하면 사람의 원초적 충동은 에로슨데 에로스는 다름 아닌 삶의 충동이고 사랑과 섹스는 이런 충동의 대표적인 표현이라는 거야. 사실 가정이란 그렇잖아. 결혼해서 한 3년? 아니 1, 2년만 지나도 아내나 남편은 어느새 부모로 변해 버리고 서로 성적 로맨스의 대상으로 바라보기보다는 함께 가정을 꾸려 가는 동역자로 전환되어 버리는 거지. 그래서 신비감을 추구하는 성적 호기심 때문에 성적 로맨스를 텐트 밖에서 구하게 되는 거구."

"텐트 밖?"

"가정 밖이라는 말인데, 원시 수렵시대에 인간이 먹고살 것을 찾아 옮겨 다니면서 텐트를 치고 남녀가 가정이란 걸 꾸렸던 걸 말한 거지. 사실 그때부터 남자들은 텐트 밖에서 성적 대상을 찾기 시작했다는 거야. 예를 들면 냉장할 방법이 없는데도 덩치 큰 동물을 사냥해서 텐트 밖 여성에게 선물하고 그 대가로 섹스를 즐겼다는 거지."

"그렇다면 아내나 남편은 살아가기 위한 생활수단에 지나지 않는다는 말이 되잖아."

전업주부여자가 못마땅해했다.

"맞아, 생활수단이지. 그런데 그게 기분 나쁠 것도 없는 것이 아내와 남편이란 성적 존재보다는 아버지와 어머니라는 사회적, 문화적 존재에 가치를 두는 것이 훨씬 가정답잖아.

말하자면 존재 개념과 가치가 다르단 얘기지."

"그러니까 한마디로 가정은 엄숙하고 숭고하다? 자식들이 부모는 그런 걸 하지 않을 거라는 인식처럼."

전업주부여자도 나처럼 생각한 적이 있는 모양이었다. 나야말로 아버지와 엄마가 그런 걸 하리라고는 상상도 할 수 없었다.

정말 가정선생여자 말대로 가정이란 그렇게 숭고한 것이란 인식을 안고 결혼했었다. 그런 탓에 텐트 밖에서 성적 로맨스를 찾게 된다는 것은 꼭 나에게 하는 말 같았다. 석환씨를 알기 전부터 남편은 성적 매력이라든지 성적 호기심이라든지 어떤 의미로든 성적 충동을 불러일으키지 못했다. 남편의 벗은 몸, 노동으로 단련된 남편의 근육질을 바라보면서도 감각적으로 어떤 감성을 자극받기보다는 딸 아정이 아빠로서 안정감을 주는 튼튼한 가장(家長)의 몸일 뿐이었다. 남편도 나처럼 생각하기는 마찬가지였다. 내가 옷에 신경 쓰는 걸 발견할 때면 "당신은 가정주부이고 아정이 엄마야."라고 하면서 가정주부와 아정이 엄마를 강조하기 일쑤였다. 그런데 텐트 밖의 석환 씨 앞에서는 자연스럽게 여자가 되어졌다. 오직 나, 승연이가 되어졌다. 그리고 다시 텐트로 돌아오면 마치 센서가 알아서 작동하듯이 남편의 아내가 되어 버리고 아정이 엄마가 되어 버렸다.

G선상의 아리아

나는 언제나 대화에 끼어들기보다는 두 여자의 대화를 듣는 편이지만 오늘은 정말 건성으로 들으며 점심시간이 다 되어 가고 있다는 것을 의식했다. 그에게서 전화가 올 것을 생각하며 두 여자보다 먼저 자리를 떴다. 집으로 돌아와 점심을 먹고 난 후에도 휴대폰은 울리지 않았다. 휴대폰이 고장이 났는지 확인하기 위해 집 전화로 휴대폰 번호를 눌러 보았다. 휴대폰은 전혀 이상 없이 G선상의 아리아가 울려 퍼졌다. 뭔가 잘못된 것 같은 불안이 엄습했다. 혹시 학원으로 전화가 걸려 올지 몰라 서둘러 출근했다. 부지런한 이 양은 벌써 수업 준비를 끝내 놓고 원장실에 있는 작은 화분에 물을 주고는 수반을 꺼내 손질하느라 달그락거리고 있었다.

이 양에게 혹시 일본에서 전화가 왔는지 물어보려다 그만두고 차분하게 보이려고 애쓰며 책상에 앉았다. 그를 알고부터 내 행동은 늘 안절부절못하고, 이 양이 늘 불안하게 여긴 탓이다. 전혀 그럴 리가 없는데도 책상 주변을 두리번거리며 편지나 전보나 무슨 우편물이 왔는지를 살폈다.

"원장 선생님 뭘 찾으세요?"

이 양이 눈을 동그랗게 뜨고 나를 쳐다보며 물었다. 나는 아무것도 아니라고 손을 내젓다가 학원에 관계된 전화를 묻는 것처럼 어디서 전화 온 것이 없느냐고 물었다.

"서너 통인가 왔었어요."

이 양은 대수롭지 않다는 듯이 고개를 끄덕이며 말했다.

"어디서?"

나는 혹시나 하는 기대를 하며 귀를 세웠다.

"별거 아닌 전화예요. 학원 등록에 대해 이것저것 물어봤는데 당장 등록하러 올 것 같지도 않았어요."

나는 이 양을 원망스런 눈빛으로 바라보며 자리에서 벌떡 일어나 원장실을 이리저리 서성거리다가 다시 앉았다. 창문을 열고 창밖을 내다보기도 했다. 창문을 닫을 때마다 소리가 컸다. 이 양이 놀랐다. 그래도 몸과 마음이 한곳에 머물지 못해 손바닥을 딱딱 마주치자, 이 양이 고개를 쳐들고 나를 바라보며 수반을 진열장에 넣으려다 떨어뜨렸다. 도자기 수반이라 단번에 박살이 나고 말았지만 나는 눈을 몇 번 깜빡거릴 뿐 별 반응을 보이지 않았다.

이 양은 내가 놀라지 않는 것에 놀라며 "원장 선생님이 무척 아끼는 수반이잖아요?"라고 했다. 나는 "응 그래! 그래도 그런 건 상관없어. 또 사면 되구."라고 무관심하게 대답했다. 이 양은 "무척 비싼 건데!"라고 아까워하며 갈수록 모르겠다는 표정으로 고개를 갸웃했다. 벽시계를 몇 초마다 쳐다보았다. 의식을 다른 데로 돌려야 한다고 생각했다. 지하에 있는 꽃상가를 한 바퀴 돌고 올 양으로 원장실을 나와 현관문을 열었다.

"원장 선생님, 곧 수업인 거 아시죠?"

이 양이 불안한 눈빛으로 나를 향해 수업시간을 강조하고 나섰다. 오후 2시에 기초반 수업이 있고, 3시부터는 사범반 수업이 있었다. 나는 이 양을 향해 믿으라는 표정을 지으며 밖으로 나와 지하 꽃상가로 내려갔다. 수업재료는 내가 메모해 준 대로 이 양이 도맡아 준비하고 있어 그동안 꽃상가에 내려가지 않았었다.

오랜만에 만난 꽃의 세상, 안개처럼 자욱한 꽃향기가 나를 포위해 버렸다. 꽃상가는 언제나 꽃향기로 가득하게 마련이지만 가을과 봄이 더 그렇다. 뭐니 뭐니 해도 라일락은 봄을 장악하고 국화는 가을을 장악한다. 지금은 가을이라 국화가 장악하고 있었다. 가을 국화를 선비에 비유한 것처럼 내 나름대로 국화 향기를 정의한 게 있다. 라일락 향기에서 '미치도록'을 뺀 나머지의 그윽함이라고 불렀다. 라일락 향기가 발길을 붙잡아 세운다면 국화 향기는 천천히 걸어가면서 뒤돌아보게 하거나 생각에 빠져들게 한 탓이다.

생각해 보면 국화와 라일락이 한 쌍의 커플 같아서 나는 라일락을 황진이라 부르고 국화는 서화담이라고 부르기도 했다. 이쯤 생각하자 문득 나는 황진이고 석환 씨는 서화담이란 기분이 들었다. 그런 기분에 젖어 천천히 걸으며 상가를 두리번거렸다. 지난날 내가 그랬듯이 꽃상가 사람들은 꽃향기에 마비된 채, 꽃향기와 아무 상관없이 화환을 제작하거나 꽃바구니 만들기에 여념이 없었다. 나와 함께 꽃 장사를 한 사람들은 아직도 옛날 그대로 꽃을 팔고 있었다. 낯익은 얼굴이 하나하나 눈에 들어왔다. 특별히 ㄱ꽃집, ㅂ꽃집, ㅍ꽃집, ㅁ꽃집 주인여자들이다. 그녀들로 하여 눈물이 솟구치도록 충격을 받았기 때문일 것이다.

지금은 내가 정상급 꽃꽂이 작가가 된 탓에 함부로 허튼소릴 하지 못하지만 처음 출발했을 당시 꽃상가 사람들은 나를 작가로 인정하지 않았다. 특히 ㄱ꽃집, ㅂ꽃집, ㅍ꽃집, ㅁ꽃집 여자들이 그랬다. 나를 정상의 반열에 올려 준 전국사범대회에서 최고상을 수상했을 때 신문에 기사가 크게 났었다. 내 얼굴과 내 작품을 합한 기사는 말 그대로 대문짝만했다. 나는 그때 어리석게도 신문을 들고 꽃상가의 그들에게 자랑을 했고 그들의 반응은 신경질적이다 못해 화가 난 것 같았다.

"꽃 파는 아줌마에서 꽃꽂이 작가로 변신하다?"

ㄱ꽃집 여자가 신문기사 제목을 큰 소리로 읽었다. 비아냥거리는 목소리였다. 그러자 나머지 ㅂ, ㅍ, ㅁ 여자들이 줄을 이었다.

"신문에 그렇게도 쓸 게 없나. 그릇에 꽃 몇 개 꽂는 걸 가지고 난리를 떨게."

"이제 아정 엄만 이 바닥에서 안 놀겠네?"

"말이라고. 아정 엄만 이제 작가야. 작가 선생님이 우리 같은 장사치들과 놀겠냐구."

"곧 이 바닥을 떠나겠지. 안 그래 아정 엄마?"

"그까짓 게 뭔데 꽃상가를 떠나. 그래서는 안 되지."

나는 그때 '무식한 것들!'이라고 속으로 외쳤다. 신문을 보여 준 내가 한심스러웠다. 그들은 가차 없이 예술을 무시해 버린 것이었다. 걸핏하면 꽃은 하늘이 내린 천상의 예술이니, 꽃을 좋아하는 사람은 영혼이 맑다느니 하면서 야단을 떨던 사람들이었다. 그럼에도 자기들과 함께 꽃을 팔던 꽃장수 아정이 엄마가 어느 날 신문에 난 것이 미치도록 싫어, 무지몽매할 정도로 예술을 통째로 깔아뭉개 버린 것이었다. 그런데 더 기가 막힌 것은 "꽃상가를 떠나? 그래서는 안 되지."라는 말이었다. 사뭇 위협적이었다. 어처구니가 없었다. 정말 꽃상가를 떠나면 가만두지 않을 것만 같았다.

남에게 내 자랑을 하면 믿으려 하지 않고, 남에게 내 흠을 말하면 그보다 더 험하게 여긴다는 서양 속담을 생각하면서 내가 단순하고 성급했다는 자책을 오랫동안 해야 했다. 내가 속상해하자 엄마는 그들에게 신문을 보여 준 것이 큰 실수라며 나무랐다. 그렇지 않아도 엄마는 시장사람들에게 돈 버는 티든, 꽃꽂이 티든, 티를 내서는 안 된다고 일렀었다. '점쟁이도 먼 데 점쟁이가 영험한 법이며 세상을 구원한 예수도 자기가 태어난 고향에서는 목수 요셉의 아들로밖에 대접을 받지 못했다'고 하면서 가까운 사이일수록 인정하기 어려운 게 인간이라고 했다. 그렇다면 이웃이란 대체 무어냐고 엄마에게 물었다. 좋은 일은 함께 기뻐해 주고 슬픈 일은 함께 슬퍼해 주어야 하는데 그런 식이라면 이웃이 무슨 소용이 있느냐고 항의했다. 그랬더니 엄마는 "이웃이란 서로 어깨를 나란히 할 때 좋은 것"이라고 했다.

이번에는 내 눈길이 아주 특별한 꽃가게 여자에게로 향했다. 지난날 우리 가게 건너편에서 축 처져 있는 우리를 바라보면서 신나게 꽃을 팔던 백합집 여자다. 그녀야말로 우리에게 ㄱ집, ㅂ집, ㅍ집, ㅁ집을 훨씬 뛰어넘는 특별한 인물이었다. 유별나게 우리에게 텃세를 부린 탓에 다른 꽃집에서조차 너무 심하다는 말이 나돌 정도였다. 당시 우리보다 5년인가 먼저 입주한 백합집 여자는 우리 부부가 조경과를 나왔다는 것부터 못마땅해하며 "젊은 것들이 할 짓이 그렇게도 없나. 겨우 꽃시장에 나앉아 꽃이나 팔게."라고 조소하거나 여기가 어디라고 세상모르는 애송이들이 덤비느냐고 비아냥거리기를 즐겼다.

처음엔 단순한 텃세이거니 했었다. 그런데 갈수록 그녀는 초라한 우리 가게를 신경질적으로 바라보며 짜증을 부렸다. 짜증을 부리는 것도 모자라 시들어 버린 꽃을 진열해 놓는 것은 강남 꽃상가의 이미지를 망친다는 등, 변두리 길모퉁이 꽃가게나 할 사람들이 들어와 신경 쓰게 만든다면서 여론을 조성하고 다녔다. 우리를 쫓아낼 작정이었다. 뒤에 안 일이지만 우리가 얻은 가게를 아주 싼 값에 얻으려는 작전이었다. 우리가 들어오기 전에 두 집이나 백합집 여자 등살에 가게를 접었다고 했다. 가게가 자주 바뀌거나 비어 있게 되면 임대료가 팍팍 내려가는 탓이었다. 결국 나는 백합집 여자 소망대로 꽃상가를 떠났고 지금은 그녀와는 전혀 다른 위치에 있다. 백합집 여자는 아직도 앞치마를 두르고 장미 가시에 찔리며 열심히 꽃을 팔고 있고, 나는 변두리 길모퉁이 꽃가게가 아니라 가끔 신문에 오르내리는 꽃 예술가가 된 것이다. 백합집 여자는 나에 대해 아직도 배가 아파하는 걸로 알고 있다. 나를 일러 시건방을 떤다느니, 자기도 꽃꽂이를 하려고 했으면 벌써 했지 그까짓 게 별건 줄 아느냐고 입방아를 찧는다는 소문이 종종 내 귀에 들려왔다.

남편 가게로 가자면 백합집 앞을 지나가야 한다. 나는 심호흡을 펴내며 백합집 앞을 향해 걸었다. 백합집 여자는 꽃바구니를 만들고 있었다. 지독한 거베라를 중심주지로 바구니 중앙 오아시스에 꽂고 장미 가시를 다듬느라 신경이 예민한 상태였다. 부주지로 군데군데 장미를 꽂아야 하기 때문이다. 그녀는 약간 검붉은 색을 띠는 오클라호마를 서너 단쯤 풀어 놓고 꽃가위로 가시를 다듬고 있었다. 그것들은 주로 꽃바구니용으로 사용하는 값싼 종류이고, 가시는 비교적 가늘지만 그래도 장미 가시는 장미 가시다. 가시가 불똥이 튀듯 이리저리 튀고 있었다. 가시가 튀어 눈이나 옷 속으로 들어가는 수가 있는데 살만 찔리는 게 아니라 자칫 눈을 다칠 수도 있었다. 어느 꽃집 여자는 장미 가시가 눈에 박혀 수술을 했고, 나도 그런 위험을 겪은 적이 한두 번이 아니었다. 나는 그때 속눈썹의 존재를 실감했다. 석환 씨가 송아지 속눈썹이라고 칭찬하는 내 긴 속눈썹이 눈을 향해 날아드는 장미 가시를 막아주었기 때문이다.

백합집 여자는 눈을 찔끔찔끔 감으면서 눈을 향해 튀는 가시를 피하느라 무척 신경을 쓰고 있었다. 나는 그녀와 부딪치는 것이 싫어 그녀가 눈을 '찔끔' 감을 때 재빨리 백합집 앞을 지나가기로 마음먹었지만, 그래도 그녀가 눈을 찔끔 감는 시간이 너무 짧아 그녀가 나를 보지 않을 수가 없었다. 하긴 내가 피할 이유는 전혀 없었다. 나를 향해 시건

방을 떤다고 흉을 본다면 오히려 과시라도 해야겠다는 생각이 들었다. 사실 그동안 수업재료를 사러 이 양을 보낸 것도 백합집 여자와 더 이상 얼굴을 대면하고 싶지 않아서였는데 오늘은 그녀 앞을 보란 듯이 걸어가기로 한다.

그녀는 손으로는 가시를 자르고 눈은 위험한 가시를 피해야 하는 와중에도 나를 향해 입을 삐쭉거렸다. 나도 똑같이 응수해 주려고 하는데 누군가 나를 향해 '원장 선생님!' 하면서 달려와 내 손목을 잡았다. 4년 동안 내 수업을 들은 제자였다. 교회 꽃꽂이를 담당하고 있어 재료를 사러 왔다고 했다. 제자는 하필이면 백합집 앞에서 내 손을 붙잡고 깜짝 반가워하면서 안부를 묻기 시작했다. 그것도 나쁘지 않았다.

"원장 선생님, 더 좋아지셨네요. 꼭 20대 같아요. 원래 곱지만."

제자는 발에 끈끈이를 붙인 것처럼 백합집 앞에서 발을 뗄 생각을 하지 않았다. 백합집 여자가 "원장 선생님, 좋아하시네."라면서 비꼬는 말이 내 귀에까지 들렸다. 나도 참을 수 없어 "아직도 나쁜 심보를 버리지 못했군."이라며 들을 수 있을 정도로 대응해 주었다. 백합집 여자가 다시 "흥, 20대? 20대가 다 죽었어!"라고 더 큰소리로 대응하고 나섰다. 그러다가 앗! 하면서 손으로 눈을 감쌌다. 눈으로 가시가 튄 모양이었다. 눈동자에 가시가 박히면 큰일이었다. 나는 순간 동정심이 발동했지만 눌러 참으며 "마음이 곱지는 못할망정 나쁘지는 말아야지"라고 쏘아붙였다. 위급상황이 발생한 백합집 여자는 응급처치를 하느라 더 이상 말할 여유가 없었다.

제자와 헤어져 남편 가게로 갔다. 꽃꽂이 학원을 내고부터 남편과 나는 우리 가게라고 부르지 않고 서로의 직장을 분리해 부르기로 했다. 꽃 예술과 꽃을 상품으로 파는 사업장을 구분하려는 내 의도였는데 남편은 흔쾌히 그렇게 하자고 동의해 주었다. "꽃은 팔지 않습니다."라는 남편 꽃가게 간판이 힘찬 추사체 붓끝을 자랑하며 환하게 눈에 들어왔다. 생각해 보면 남편도 예술적 감각이 다분하다는 걸 인정하지 않을 수 없었다. 처음에 꽃집 간판 이름을 지을 때 남편과 나는 몇 날 며칠 밤을 고민했다. 작명소만 해도 대여섯 곳을 다녔고 시인과 국어선생님에게도 의뢰해 봤지만 좀처럼 만족하지 못했다. 어떤 작명소에서는 강남꽃집, 서울꽃집, 압구정동꽃집 등등 지명을 붙여 주었다. 또 어떤 곳에서는 우리 가족 이름을 대라고 하더니 딸 아정이 이름을 따 아정꽃집이라고 하는가 하면 부부꽃집, 황실꽃집, 명품꽃집, 유명한 꽃집 등 구태하고 진부한 이름을 추천했다. 시인은 "꽃을 만나다"를 권했고 국어선생님은 "꽃으로 여는 세상"을 권했다. 작명소에서 지어준 것들은 모조리 촌스러웠다. 시인이 지어준 것은 너무 시어 같아서 대중성이 없었다. 국어선생님이 지어준 것도 썩 내키지 않았다.

남편은 스스로 짓겠다고 했다. 파격적이어야 한다면서 혼자 끙끙 앓더니 어느 날 아침 "'꽃은 팔지 않습니다' 어때?" 하고 물었다. 파격은 파격이지만 그것도 마음에 썩 든 건 아니었다. 이름 짓는 데만 한 달 이상이 훌쩍 지나갔다. 이름 짓는 게 얼마나 어려운지를 실감했다. 결국 '꽃은 팔지 않습니다'로 결정했다. 그런데 두 가지 반응으로 갈렸다. 어떤 사람들은 '꽃집에서 꽃을 팔지 않는다고?'라는 뜨악한 표정을 짓는가 하면 무얼 좀 아는 사람들은 김소월 시 진달래꽃에서 죽도록 슬프면서도 '죽어도 아니 눈물 흘리오리다'처럼 아이러니라며 재미있어 했다. 그런데 정말 꽃이 팔리지 않자 이름 때문이라며 엄마가 이름을 고칠 것을 주장하고 나섰다. 아이러니를 이해하지 못한 백합집 여자가 "꽃을 팔지 않는다는 사람들이 왜 꽃가게를 냈단 말이야."라고 비웃어 댄 탓이었다. 그럼에도 남편은 남과 다르려면 확실히 달라야 한다면서 끝까지 이름을 고수했고, 결국 화훼세계에서 특별한 이름으로 알려지게 되었다.

가게 안으로 들어서자 경리 김 양과 배달 직원들, 화환제작 직원들이 점심으로 자장면을 먹으며 아작아작 단무지 씹는 소리를 냈다. 남편은 보이지 않았다.

"점심이 늦네요?"

꽃상가에는 옛날부터 점심 먹는 시간이 불규칙하다는 걸

깜빡 잊어버린 것이었다. 직원들이 빤히 알면서 물어본다는 표정으로 인사를 했다. 그리고는 익숙한 솜씨로 자장면을 나무젓가락에 감아 올려 부지런히 입속으로 밀어 넣었다. 남편을 만날 이유가 없었지만 남편이 혼자 사용하는 사무실로 들어갔다. 남편은 화장실에 갔는지 아니면 따로 식사를 하러 갔는지 사무실에도 없었다. 어쩌면 산(조경원)에 갔을 수도 있었다. 남편은 못 가도 일주일에 한두 번은 산에 가야 했고 때로는 그곳에서 잠을 자야 할 때도 있었다.

사무실 테이블 위에는 그림 도구들이 어지럽게 놓여 있고 유화 한 점이 있었다. 처음 본 그림이지만 놀라운 일은 아니었다. 남편은 어려서부터 그림을 그리고 싶어 했다는 걸 잘 알고 있는 탓이다. 다만 언제부터 그림을 그리기 시작했는지 의문이 들 뿐이었다. 그림은 산을 그린 것인데 색채가 어둡고 굴곡이 깊어 어두운 이미지를 주었다. 우리나라 산 능선은 날씨 좋은 날의 잔잔한 바다 물굽이처럼 부드러운 곡선으로 이어지는데도 계곡이 깊다 보니 사납게 물결치는 파도처럼 느껴졌다. 나는 처음 보는 남편의 그림에서 예전의 나를 발견하며 놀랐다. 내 작품 역시 무척 중후하거나 심플하면서 고아하거나 때로는 너무 고독하다는 평을 받은 적이 있었다. 류초희 선생님이 지적한 것이 바로 칙칙하고 우울한 부분이었다. 고요한 물결의 동양적인 곡선을 상상하며 선을 살려 내라고 강조했지만 잘 되지 않았다. 왜일까? 하고 고민할 때 선생님은 그렇게 말해 주었다.

반드시 그런 건 아니지만, 대체적으로 예술작품은 창작자가 자라 온 성장의 거울이라는 것이었다. 그러므로 만약 성장이 우울하고 어두웠다면 자기 혁명을 일으켜 그것을 과감히 뛰어넘든지 아니면 그것에서 처절하게 비통해지든지 하라고 했다. 선생님은 사람들이 타고난 천성 운운하지만 그건 환경일 뿐 개선할 수 없는 천성은 없다고 했다. 환경은 사람이 만들어 가는 것인데 사람들은 자신감이 없을 때는 곧잘 타고난 천성으로 돌린다면서 고개를 가로저었다. 성장과정과 남편의 정서는 무관하지 않았다. 신혼 초에 남편은 그림을 그리고 싶었다고 나에게 고백한 적이 있었다. 자기 엄마가 살아 있었더라면 어려서부터 그림 공부를 했을 것이란 말에 가슴이 찡했다. 남편은 네 살에 엄마를 잃었기 때문이다. 초등학교 때부터 붓글씨에 집중했는데 돈이 들지 않아 그림 대신 붓글씨를 썼다고 했다. 그때 남편 못지않게 안타까웠는데 지금도 측은한 마음이 들기는 마찬가지였다.

다시 방 안을 구석구석 둘러보았다. 책장에 제법 많은 책이 꽂혀 있었다. 지식에 목말라한 남편은 닥치는 대로 책을 사는 버릇이 있었고 집에도 거실 벽을 책으로 메워 놓은 탓에 역시 놀랄 일은 아니었다. 문학부터 시작해 철학, 역사 등 각종 교양도서 신간이 나오기가 무섭게 사다 꽂아 놓지만 읽지 않은 책이 대부분이다. 언젠가는 집에 있는 책을 다 읽고 나서 사 오든지 하라며 잔소리를 했더니 남편은 책이란 막 사 왔을 때 읽지 못하면 마치 식어 버린 밥처럼 영 읽을 맛이 나지 않는다는 것이다. 그런데 다시 신문에 신간이 소개되면 새로 나온 책이 새가 되어 어디론가 날아가 버리기라도 할 것처럼 서둘러 사들였다. 그러면서 종이와 활자 냄새만 맡아도 이른 봄 앙상한 가지에 움이 트듯 시들어 가는 영혼에 생기가 돈다는 것이었다.

남편은 보통 한꺼번에 10여 권을 사 들고 와 늘어놓고는 저자의 머리글만 읽어도 본전을 빼는 것이니 책값 아까워하지 않아도 된다고 주장했다. 나는 그러는 남편을 바라보며 요즈음 별별 증후군이 다 있다는데 책을 사들이는 책 사재기증후군인가도 했지만, 결국 남편을 이해하면서 "하긴 책 산 것 때문에 부도 났다는 사람은 못 봤으니까."라고 했다. 그러자 남편은 "맞아! 맞아!"라며 아이처럼 좋아했다.

책상 위에 책이 한 권 놓여 있었다. 책의 표지가 들려 있는 것으로 봐 최근에 읽었던지 아니면 지금 읽고 있는 것으로 보였다. "텐트 밖 그리고 떨림"이라는 제목에 나는 화들짝 놀라 성큼 책을 집어 들었다. 헬스장에서 가정선생여자가 텐트를 들먹거렸던 것이 생각난 탓이었다. 남편의 취향에 전혀 맞지 않는 내용일 거라는 짐작과 함께 저자부터 살폈다. 저자는 한국 Y대 의대 정신과 교수이고 부부탐구라는 작은 부제가 붙어 있었다. 남편이 언제부터 부부탐구에 관심을 갖게 되었는지 더욱 이상한 생각이 들어 목차로 넘어가기 전에 나와 있는 저자의 말을 살폈다. 중간중간 빨간 펜으로 밑줄이 그어져 있었다. 역시 남편이 겨우 저자의 말만 읽은 흔적이라고 생각하며 책을 눈앞으로 바짝 당겼다.

> 미래학자들에 의하면 21세기 디지털시대는 감각(feeling), 여성(female), 상상력(fiction)의 3F시대라고 한다. 물론 이 말은 일과 여성을 관련 지은 것이지만 가정이라는 텐트 안과 사회라는 텐트 밖 생활과 무관하지 않다. 여성과 섹스, 가정과 섹스, 섹스에 대한 고정관념과 요즈음 현대 여성의 섹스 욕구와 밀접한 관련을 가지고 있다는 것을 현대 남성들은 어떻게 이해하고 있으며 어떻게 받아들여야 하는가. (…) 금지된 것의 강한 유혹, 위반의 떨림, 섹스는 금기를 어길 때 강렬한 쾌감을 얻는다고 하는데 혼외정사가 에로티즘을 증폭시켜 준 것은 육체에 있는 것이 아니라 정신에 있다. 금지를 위반하는 흥분 때문이다.
>
> 그런데 금지를 위반한 섹스는 사회적으로 용납되지 않는다. 비난의 대상이다. 그것은 과연 비난받아야 할까? 인류학자 조르주 바타이유는 아니라고 대답한다. 그는 금지를 위반한 섹스가 현대인들이 사물화되어 가는 것을 막아 준다고 주장한다. 그리고 어느 정도 창의성까지 도

와준다는 것까지 덧붙인다. (…)

닥치는 대로 책을 사는 남편이지만 이런 책은 결코 남편의 취향이 아니었다. 텐트라는 책 제목부터 인류학자 바타이유니 뭐니 하는 것까지 가정선생여자에게 들은 것과 똑같았다. 그렇다면 남편이 섹스에 대해 연구라도 한다는 것일까? 머릿속이 복잡해지기 시작했다. 나에 대해 뭔가 눈치챈 것은 아닐까? 눈치를 챘다면 어떻게 지금까지 일 년이 다 가도록 아무런 반응이 없었단 말인가? 아무리 생각해도 후자는 아닌 것 같았다. 남편은 평소 과묵하고 용의주도한 만큼 어긋남을 용서하지 못하는 성격으로 유명하다. 직원들이 화환을 제작하면서 조금 시들한 꽃을 사이사이에 섞어 넣을 때가 있었는데 그때마다 직원들 앞에서 가차 없이 화환을 밟아 버렸다. 남편은 시든 꽃은 단 한 송이도 용납하지 않았다. 화환은 희망을 빌어 주는 축하메시진데 시들어 버린 꽃을 꽂는 건 죄악이라고 했다. 직원들은 미안해하거나 잘못했다고 하기는커녕 펄쩍 뛰었다. "남들은 시든 꽃을 잘도 숨겨 꽂는데 왜 사장님만 고집을 부리세요."라고 항의하고 나섰지만 소용이 없었다.

한 번은 화환 제작이 너무 밀려들어 꽃이 모자랐다. 농장에서 미처 보내 주지 못한 탓이었다. 하루가 지난 꽃들은 많이 있었다. 직원들은 그걸로 화환을 제작했고 다행히 남편이 눈치채지 못한 채 배달되었다. 그런데 남편은 이미 배달된 화환이 하루가 지난 꽃들이었다는 사실을 알고, 당장 손님에게 전화를 걸어 사과를 하고 나섰다. 그쪽에서 화환에는 아무런 이상이 없으니 걱정하지 말라고 하는데도 남편은 화환값을 돌려줄 테니 통장번호를 대라고 했다. 그쪽에서 됐다고 사양하자 남편은 다음 날 막 배달된 싱싱한 꽃으로 대형 꽃바구니를 만들어 배달시켰다.

그것 말고도 비슷한 일은 많았다. 농장에서 보내온 꽃만 해도 그랬다. 농장에서 보내온 꽃을 받다 보면 상한 꽃이 있게 마련이고, 그때마다 상한 꽃값을 두고 꽃집마다 농장 측과 다투는 것이 보통이다. 꽃집에서는 상한 꽃값을 제외해야 한다고 주장하고 농장에서는 이미 판 물건이니 자기네 책임이 아니라는 것이다. 남편 가게에서도 마찬가지 현상이 벌어졌다. 그때마다 직원들은 다른 꽃집처럼 농장이 책임져야 한다고 주장했지만 남편 생각은 달랐다. 묶음 단위로 주문하는 이상, 묶음 속에서 부러지거나 상한 꽃은 이미 산 사람의 것이므로, 상한 꽃도 내 것이니 꽃값을 빼서는 안 된다는 것이다. 이런 이유로 농장주들은 앞다투어 남편과 거래하기를 원했고, 남편 가게는 좋은 꽃을 판다는 소문으로 유명해졌다. 남편의 고집불통은 남녀문제에 대해서도 완고하기 짝이 없다. 직원들과 회식을 할 때면 도우미 여자들에게 함부로 입도 벙긋 못 하게 단속을 해 직원들이 머리를 흔들곤 한다.

남편은 섹스에 있어서도 예전엔 부끄럽다 못해 죄를 짓는 것처럼 여긴 사람이었다. 연애할 때 겨우 손을 잡아 볼 정도였던 남편을 나는 깔끔한 사람이라고 생각했었다. 결혼을 한 후에도 마찬가지였다. 침실에는 오직 둘뿐인데도 숨어서 무슨 몹쓸 짓을 하듯 일을 끝내고는 부끄러워했다. 그런 일은 아정이를 낳을 때까지 계속되었는데, 이불이 침대 아래로 흘러내릴 때마다 알몸이 드러날까 두려워 후다닥 이불을 붙잡아 올리는가 하면 자기 알몸을 나에게 함부로 보이거나 내 알몸을 노골적으로 보기를 원치 않았다.

섹스를 하는 동안에도 그 흔한 사랑한다는 말 한마디 할 줄 모르는 남편은 마치 도둑질을 하는 사람처럼 가슴이 콩닥콩닥 뛰는 것이었다. 처음엔 심장이 안 좋은가 했고, 또 심장병을 일으키는 건 아닌가 걱정이 되기도 했다. 그렇게 뛰는 가슴으로 그야말로 길어야 3, 4분 정도 열심히 피스톤질을 한 후에 몇 초 동안 쥐 죽은 듯이 숨을 죽이고 엎드렸다가 내려오면 그만이었다. 나는 석환 씨를 알기 전까지 섹스는 다 그런 줄 알았다. 그런데 석환 씨는 달랐다. 그의 행위는 인간의 내면을 예술이나 꽃으로 승화시키는 듯했다. 그는 시작부터 끝나는 순간까지 사랑한다는 속삭임을 그치지 않았다. 그리고 화훼 농장 농부들이 가장 적절한 시기에 맞추어 꽃을 개화시키듯, 가장 알맞은 타이밍을 맞추기 위해 심혈을 기울이면서 더 이상 피할 수 없을 때에야 간절하게 일을 마치는 것이었다. 나는 그의 진지함에 감동했고, 섹스 역시 한 송이 꽃이 피어나는 과정이며, 모든 것을 다 바친 듯한 진지함 속에서 그 간절함이 이루어진다는 것을 알게 되었다.

그렇다고 남편을 이해 못하는 것은 아니었다. 어머니를 잃고 새어머니 아래서 자란 남편은 언제나 말없이 자기 일에만 충실한 법을 배웠다고 했다. 새어머니가 낳은 세 동생들의 틈바구니에서 남편의 존재는 한없이 후미진 곳으로 밀려나 버렸다는 것이다. 남편은 어떻게 생각하고 있는지 모르지만 처음에 남편과 연애를 하게 된 것도 일종의 동정심이 작용한 탓이었다. 그런 탓인지 남편은 나에게 매사 의존적이었다. 유방을 탐닉하는 것도 애무라기보다는 어머니에 대한 갈구에 다름 아니라는 생각을 갖게 했다. 나는 그런 생각을 하면서 책을 더 읽어 볼 생각으로 계속 빨간 줄을 따라가는데 직원이 문 앞에서 "사장님 학원에 올라가셨을 걸요." 라고 했다. 뜻밖이었다. 후다닥 책을 덮고 가게를 나와 학원으로 단숨에 올라갔다. 내가 운영하는 꽃꽂이학원은 꽃상가 건물 3층에 있지만 남편은 오픈한 날 외에는 5년 동안 단 한 번도 올라온 적이 없었다. 이유는 여자들만 드나드는 곳이라 그렇다 했고, 나 또한 남편이 올라오는 걸 원치 않았다.

직원이 말한 대로 남편은 원장실에 있었다. 작업복에 머릿결도 부스스 한 채 앉아 있는 남편은 누가 봐도 전기나 보일러 또는 화장실 등을 손볼 데가 있어서 부른 일꾼으로 보기에 알맞았다. 남편은 손님처럼 이곳저곳을 두리번거리다가 내가 들어서자 정말 손님처럼 자리에서 벌떡 일어나 어색한 표정을 지었다. 나는 문하생들이 남편을 볼까 봐 당황했다.

"무슨 일이에요? 한 번도 이런 일 없었잖아요?"

내 말은 긴장되어 있었고 공격적이었다.

"그냥 점심이나 같이 먹을까 해서. 점심은 어쨌어?"

"지금이 몇 신데. 그리고 새삼스럽게 점심은."

나는 말을 하면서 재빨리 책상을 둘러봤다. 혹시 석환 씨에 대한 메모 같은 것이라도 있는지 그동안 내 속에서 빠져나온 목마른 그리움이 책상 위에 무슨 흔적을 남겨 놓진 않았는지 살폈지만 그런 건 아무것도 없었다. 일단 안심이 되었다. 안심은 되었지만 남편이 느닷없이 학원에 올라온 데는 함께 점심을 먹자는 것이 아니라, 반드시 무슨 이유가 있을 것 같았다. 만약 남편이 눈치채고 무언가를 탐색하러 왔다면 나도 마음의 준비를 해야 한다는 생각이 들었다. 그런데 남편의 태도는 선생님 앞에 선 학생처럼 공손했다.

"산, 3천 평 더 늘리게 됐거든. 앞으로 2년 안에 산 일만 평 만들 자신 있어."

"그 말 하려고 일부러 올라온 거예요?"
"뭐 그런 셈이지."
"그럼 아침에는 왜 그런 말 안 했죠? 내가 산에 대해 물었는데도."
"미처 생각을 못 했지. 바쁘기도 하고. 그건 그렇고 당신 언제 산에 한번 안 가 볼래?"
"나 항상 바쁘다는 걸 알면서 그래요. 그리고 나 당신 일에 관심 안 갖잖아요."
"내 별장 구경하고 싶지 않아?"
"하, 별장?"
나는 웃어 버리고 말았다. 남편이 조경원을 조성한 산은 하남에서 광주 방면으로 걸쳐 있는 용마산 쪽에 있고, 제법 굴곡진 산 중간쯤에 올라가면 그곳에 커다란 바위동굴이 있다. 남편은 마치 신비한 동굴을 발견한 것처럼 좋아하더니 그걸 이용해 쉬는 공간을 만들었다고 했다. 나는 산을 샀을 때와 나무들이 한창 자랄 때 가 보았을 뿐, 그 후엔 전혀 관심을 갖지 않았다.
"곧 수업 들어가야 해요."
조경원에 관한 것이라면 나중에 집에서 말해도 되는 일이었다. 싱거운 생각이 들었다. 마음 졸인 걸 생각하자 불쑥 화가 치밀어 올라 빨리 나가 달라는 투로 쏘아붙였다.

책에 대한 궁금증이 풀린 셈이었다. 남편은 아무래도 자기 개선을 하느라 그런 책에 관심을 갖는 것이 틀림없었다. 그리고 남편이 고작 산을 늘린다는 말을 하려고 뜬금없이 학원까지 왔다는 걸 생각하자 어이가 없었다. 산을 늘린다는 건 반가운 소식이었지만 그건 어디까지나 남편이 알아서 할 일이었다. 남편에 대한 생각을 말끔히 정리하고 다시 초조해진 마음으로 시간을 확인했다. 오후 2시가 임박해 가는데도 석환 씨가 보내는 G선상의 아리아는 울리지 않았다. 가슴에 무거운 바위가 얹혀 있는 것처럼 압박감이 엄습해 왔다.

오후 2시 수업을 하기 위해 끌려가듯 강의실로 발걸음을 옮겼다. 그리고 처음 강의를 하는 사람처럼 말없이 그냥 서 있었다. 무슨 말을 해야 할지 갑자기 아무것도 생각이 나지 않은 채 2분쯤 시간이 흘렀다. 중급반이라 난이도는 없지만 수업이 잘 될 리 없다는 생각으로 수반이 놓여 있는 탁자 앞에 서서 물끄러미 수업용 재료를 바라보았다. 순간, 그가 했던 말이 떠올랐다. 언젠가 "석환 씨를 만나는 날에는 수업이 제대로 안 돼요."라고 말했을 때 그가 무척 놀랐다. 자기 할 일을 충실히 하지 못하고서는 누굴 사랑할 자격이 없는 거라면서 책임과 의무를 무척이나 강조했다. 책임과 의무! 책임과 의무를 속으로 열 번이 넘게 되풀이했다. "세상에서 제일 무서운 죄가 뭔지 아니? 잘못 가르친 죄야."라고 했던 류초희 선생님 말도 함께 나를 흔들어 깨웠다. 나는 정신을 수습하며 수업에 전력을 쏟아야 한다고 나를 다그쳤다.

사실은 시간을 쪼개 써야 할 정도로 바쁜 일정이 잡혀 있다. 11월에 우리나라에서 열리는 한일친선교류전에 작품을 출품해야 하는데, 내 작품뿐만 아니라 제자들 가운데 사범 연수생들 작품도 출품시켜야 한다. 일본과 친선교류라고는 하지만 정식으로 열리는 국제전이라 여간 경쟁이 치열한 게 아니다. 지금 일본에 체류 중인 선생님은 며칠 전에도 전화를 걸어 "이번에도 승연일 믿어. 일본 사람들 내가 질투 나도록 승연이 작품을 좋아하거든. 항상 새로운 실험정신이 살아 있어서야. 또 제자들 작품도 기대할게."라고 당부를 하면서 기대가 크다는 것을 강조했다.

수업재료는 가을에 맞게 모두 가을 소재들이다. 빨간 열매를 맺은 편백나무와 우리나라 고유 단풍나무인 복자기나무, 작은 가지가 비스듬하게 누워 있는 누운소나무, 잎이 절반은 붉고 절반은 노란 황금송, 보라색 열매가 조랑조랑 매달린 좀작살나무 등 고급 소재를 준비했다. 문하생들 앞에도 똑같은 소재가 놓여 있다. 내 설명을 듣고 그들은 꽂꽂이를 시작하는 것이다. 나는 가장 먼저 편백나무를 20도 각도로 낮게 꽂은 다음 문하생들을 둘러봤다. 문하생들은 아직 꽂지 못하고 있었다. 그들의 심정을 나는 환히 알고 있다. 3년 이상 공부한 중급자만 돼도 소재를 함부로 꽂지 못하는 탓이다. 소재를 들고 각도와 방향을 재고 따지고 벼른 후에야 조심스럽게 수반의 침을 향해 소재를 꽂는 것인데, 침은 날카로운 끝을 위로 향한 채 촘촘하게 박혀 있다.

거기에 소재를 잘못 꽂으면 뽑아내어 다시 꽂아야 한다. 그럴 때마다 소재의 끝이 망가지게 되고 망가진 끝은 가위로 잘라 내야 한다. 그걸 되풀이하다 보면 소재의 수명이 단축되고 결국 버리게 된다. 그들은 그걸 수없이 경험했기 때문에 함부로 꽂지 못하는 것이었다. 나는 "위로 향한 뾰족한 침은 세상이고 침 위에 꽂히는 소재는 인생"이라고 가르쳤고 그들은 그렇게 배웠기 때문이다. 그래서 처음에 잘 꽂아야 한다고, 두 번 세 번 다시 꽂기를 되풀이하지 않을수록 좋다고, 그러면 자칫 인생을 버리게 된다고 누누이 말해 준 탓이다. 오늘도 나는 어김없이 그렇게 말했고 문하생들은 신중하게, 또 신중하게, 마치 인생을 다루듯 각자 자기 작품을 완성했다. 한 사람도 소재를 버리지 않았으므로 수업은 성공이었다. 다행히 별 탈 없이 수업을 마친 것이다.

나는 원장실로 돌아오기가 무섭게 휴대폰을 집어 들었다. 부재중 전화도 찍힌 것이 없고 메시지가 들어온 것도 없었다. 보나 마나 2시 수업을 마쳤으므로 3시로 가는 것을 뻔히 알면서도 시계를 보았다. 곧이어 3시 수업이 끝나면 4시가 될 것인데 아직 전화가 오지 않고 이렇다 할 연락이 없다는 것은 한 치 앞을 알 수 없는 시대에 온갖 상상을 하게 만들었다. 일본에 또다시 쓰나미 같은 천재지변이라도 일어난 것은 아닌지. 강도 6.7, 7.0, 7.4지진이 세 번이나 지나갔고 도쿄까지 흔들렸다는데 무슨 일이 없었는지. 또다시 후지 산이 자꾸 들썩거린다는데 괜찮은 건지. 교통사고로 병원 응급실로 실려 가지나 않았는지. 빌딩이 폭탄테러를 당해 건물이 폭파되고 거기에 깔리지는 않았는지. 온갖 나쁜 상상이 나를 몰아붙이기 시작했다.

그런데다 하필이면 신문에 종말론에 대한 기사가 실려 있었다. 종말론이 한두 번 나온 건 아니지만 이번에는 세계가 주목할 정도로 다르다는 것이다. 고대 마야인들이 종말을 예고한 2012년 12월은 아무 일 없이 지나갔지만, 이번에는 세계 지구과학자들이 '지구 종말 예상 시나리오 9가지'를 책으로 펴내 눈길을 끌고 있다는 것이다. 책은 영국 맨체스터대학교 데이비드 달링 박사와 미국 워싱턴주립대학 더크 슐체 마쿠츠 박사가 과학적인 근거로 예측한 지구 종말 예상 시나리오 9가지를 분석하면서 높음, 보통, 낮음 등 3단계의 예측 가능성과 예상 피해규모까지 밝혀 놓았다. 나는 몹시 긴장된 상태로 꼼꼼하게 기사를 읽어 내린다.

첫 번째는 물리학 실험이 실패할 경우이다. 스위스 제네바 인근에서 지금 진행하고 있는 물리학 실험은 우주의 비밀을 파헤치기 위한 목적이지만, 엄청난 에너지를 다루는 이 실험이 만약 실수로 잘못될 경우 지구가 폭발할 위험이 있다고 한다. 두 학자는 이 사고가 발생할 가능성을 '낮음'이라고 표시했지만 사고가 날 경우 인류가 종말을 고할 수 있다는 것이다. 두 번째는 화산 폭발이다. 지금도 지구 곳곳에는 인류생존에 영향을 끼치는 거대한 활화산이 많이 있고 그 거대한 화산 폭발과 화산재로 수천만 명 이상 인구가 피해를 입게 된다는 것이다. 발생 가능성은 '보통'이라고 한다.

세 번째는 빙하기와 태양 폭발이고 가능성은 '낮음'이다. 네 번째는 외계인의 침략이다. 가능성은 '보통'이지만 만약 침략을 받게 된다면 인류 전체가 멸종할 수 있다고 한다. 다섯 번째는 컴퓨터다. 날이 갈수록 발전하는 기술 때문에 결국 인간세상은 컴퓨터가 지배할 것이고 발생 가능성은 '보통'이다. 예상 피해 인명수는 10억 명이다. 여섯 번째는 소행성 충돌이다. 최근에 거대한 소행성이 지구를 향해 돌진하고 있다는 소식이 자주 전해져 세계를 떨게 하고 있는데 가능성은 '보통'이고 예상 피해 인명수는 수천만 명이다.

일곱 번째는 치명적인 벌레의 공격이다. 벌레들이 인류가 치료하지 못할 바이러스를 퍼뜨릴 것이고 공기나 음식물을 통해 급속도로 퍼지는데 가능성은 '다소 높음'이다. 예상 피해 인명수는 수천만 명 이상이다. 여덟 번째는 별들의 대규모 폭발이다. 실제로 2008년 천문학자들은 우주의 WR104라는 이름을 붙인 별이 폭발했고 그 영향이 지구에 미칠 것을 염려한 적이 있었다. 가능성은 '낮음'이지만 인류 전체의 종말을 가져올 수 있다고 한다. 마지막 아홉 번째는 나노기술의 악몽이다. 나노기술이 발전하면서 눈에 보이지 않는 물질들이 공기나 물에 유입될 경우 모든 물질을 분해시키거나 끝없이 복제되어 인류를 망쳐 버릴 수 있다는 것이다. 가능성은 '보통'이지만, 예상 피해 인명수는 10억 명에 달할 것이라고 한다.

그런데 공교롭게도 앞으로 일본에 대규모 지진이 예상되어 있는데 일본 인구 2천5백만 명 이상이 사망할 거라는 기사가 나란히 실려 있다. 예상 시기가 30년 이내라고 하지만 오늘이나 내일이라도 느닷없이 닥칠 수 있다는 것이다. 그렇지만 나는 앞으로 일본에 닥칠 재앙까지 걱정할 여력이 없다. 부디 오늘이나 내일에 그런 일이 일어나지 않기를 빌면서 석환 씨가 무사히 돌아와 주기만 바랄 뿐이다. 나는 나쁜 상상을 쫓아내기 위해 그가 일본에 가자마자 넣어 준 음성메시지를 듣기로 한다.

"승연이, 당신 생각이 나 잠을 잘 수가 없네. 이제 한 주만 참으면 귀국해. 그때까지만 잘 참아 줘. 내 사랑 안녕."

출장은 처음에 한 주라고 했던 것이 한 주가 연장되었고, 다시 한 주가 더 연장되더니 결국 2주나 늦어지고 말았다. 그리고 그를 못 본 지 3주가 되었다. 실은 3주라 하더라도 매주 한 번씩 만난 것을 계산해 보면 불과 세 번 못 본 것인데 몇 년을 못 본 것 같다. 세상이 가로막힌 어떤 곳에 갇힌 것처럼 어쩌면 영영 못 볼 것만 같은 두려움까지 엄습한다. 마음 같아서는 당장 일본으로 가고 싶은 심정이 끓어오른다.

그를 만난 것도 일본이었다. 일본에서 최고 수준을 자랑하는 글로리아 꽂꽂이학원 주소를 들고 꽂꽂이 연수차 일본에 갔다. 나리타공항에 내려 4단짜리 무거운 캐리어를 끌고 지하철역으로 내려오는 데까지는 무조건 앞사람들을 따라 움직일 수 있었다. 그리고 전철 스카이라이너에 오를 때 쉬지 않고 두리번거리는 나를 그가 발견한 것은 특별히 예외적인 일이거나 운명적인 일이 아니었다. 한국 사람이 무려 30퍼센트나 된다는 나리타공항에는 나처럼 일본 나들이 관광객이나 유학생이 많고, 재일교포나 일본 지리에 밝은 일본 체류 한국인들이 성큼 다가와 도와주는 것이 일반적이었다.

그는 그렇게 나에게 다가왔다. 거대한 우에노 역에서 지하철을 갈아타야 하는데 수많은 인파와 안내방송, 쉴 새 없이 들어오고 나가는 지하철 소음에 기가 질려 꼼짝하지 못한 채 지하철을 두 번이나 그냥 보내고 있었다. 그때 그가 다가와 "도와드릴까요?"라며 먼저 말을 걸었다. 그리고는 그 유명한 글로리아 꽂꽂이학원까지 안내해 주었고, 그냥 헤어질 수가 없어 함께 저녁을 먹었다. 일본에서 한국 사람이 방을 얻기가 무척 어렵다는 것을 잘 알고 있는 그는 나를 자기가 아는 하숙집으로 데리고 갔다. 그는 한국 H그룹의 연구팀으로 6개월간 체류 중이라고 했다.

사실 기거할 곳은 그가 아니더라도 학원들의 주선으로 해결할 수 있었다. 그럼에도 그의 도움에 따른 것은 '낯선 일본 학원 측이 주선해 준 곳보다는 한국 사람이 추천해 준 곳이 마음이 편하다는 변명'을 스스로에게 수없이 해 가면서 그와 가까운 곳에 있고 싶어서였다.

"그런데 생각나요? 우리 사무실에 꽃을 꽂은 적 있었죠?"

세 번째 만났을 때 그가 불쑥 물었다. 나를 알아본 것이었다. 내가 강남 꽃상가에서 출장 꽃꽂이를 나갈 때 H그룹 빌딩에도 간 적이 있었는데 그때 나를 몇 번 봤다고 했다.

"5년도 넘었는데 저를 알아보시다니요? 그리고 H빌딩에는 많이 가지도 않았구요."

"그때 인상 깊게 봤던 탓이겠지요. 정말 인상 깊게 봤거든요."

"그럼 우에노 역에서부터 저를 알아보셨나요?"

"그땐 전혀 몰랐어요. 꽃꽂이 작가라고 하니까 문득 생각이 난 겁니다."

그렇더라도 내가 체류하는 3개월 동안 한쪽은 친절을 베푸는 사람으로, 한쪽은 늘 고마워하는 사람으로 그 이상 그 이하도 아니었다. 가끔 식사를 했고 차를 마셨다. 그뿐이었다. 그는 매력이 있었지만 별로 말이 없었다. 성격이 과묵해 보였고 무척이나 사리분별이 명확해 보였다. 시간이 갈수록 냉철하다 못해 냉정해 보이기까지 했다. 그런데 오히려 그런 것들이 나를 흔들기 시작했다.

그때 나는 감정은 곧 산불 같은 것이라고 놀라며 내 감정을 자제하기 위해 '조강지부' 남편을 떠올렸다. 어려웠던 시절 함께 꽃을 팔며 고생했던 일을 꼼꼼하게 떠올리면서 그를 향한 감정을 떨쳐 내려고 애썼다. 그것은 제법 성능 좋은 제어장치처럼 용케 제동을 걸어 주기도 했다. 그러면서도 마음 한구석에는 언젠가는 꼭 만날 것 같은 예감이 바위틈에 숨어 핀 야생화처럼 틈만 나면 오롯이 피어났다. 그럼에도 귀국한 후에 서로 전화 한 번 하지 않았다. 나는 그가 전화를 걸어 주겠지 하고 기다리다 전시회 작품 준비에 빠져 다시 3개월을 보냈다, 일에 몰입하는 동안 그에 대한 생각이 사라졌다. 서울에서 세계전시회가 열렸다. 전시회는 세계라는 타이틀답게 매스컴마다 소개되었고, 다른 때보다 몇 배나 많은 손님들이 몰려들었다.

파도소리

전시회 오픈 날 외국인, 내국인이 함께한 행사장은 만원이었다. 서로 인사를 하느라 정신이 없었다. 각 나라를 대표한 작가들은 의무적으로 두 작품씩 출품해야 했다. 나는 신라 향가에서 따온 '수로부인과 노인'이라는 작품과 '그 후'라는 작품을 냈다. 내 작품은 둘 다 오브제를 활용한 자유형이었고, 특히 '그 후'는 초현실주의 기법을 최대한 살린 작품이었다. 소재는 자연을 좋아하는 독일형과 동양적인 것을 가미한 차나무 뿌리, 그리고 돌이었다. 뿌리 길이가 장장 20미터였다. 넓은 받침판에 모래, 자갈, 작은 돌을 깔고 그 위에 조금 더 큰 돌을 깔아 차나무 뿌리가 암반을 뚫고 물을 찾아가는 과정을 묘사했다. 그런데 하늘과 땅이 반대였다.

거꾸로 선 차나무 뿌리가 땅속으로 들어가는 것이 아니라 하늘로 물을 찾아 올라가고 있었다. 허공은 뿌리의 그리움과 이상임을 표현한 것이었다.

또 다른 작품 '수로부인과 노인'은 돌로 절벽을 쌓고 거기에 산나리를 옮겨 심은 화분을 설치했다. 행차를 하던 고을의 수장 부인인 수로부인이 절벽에 핀 산나리 꽃을 갖고 싶어 했고 소를 끌고 가던 노인이 자기를 부끄럽게 여기지 않는다면 목숨 걸고 절벽에 올라가 그 꽃을 따서 바치겠다는 내용을 재현한 것이었다. 손님들뿐만 아니라 출품 작가들과 평론가들도 내 작품 앞에서 떠날 줄 몰랐다. '그 후'는 소재 선택의 발상이 놀랍고 전통 시를 딴 '수로부인과 노인'은 주제가 놀랍다고 감탄했다. 둘 다 꽃꽂이의 혁명이라고 했다. 나보다 경력이 수십 년 이상인 작가들이 허를 찔린 듯했다. 차나무 뿌리든 뭐든 산에 지천으로 널려 있는 것이 나무 뿌리였다. 그걸 미처 생각하지 못했다는 어이없는 표정이었다. 평론가들은 실험정신과 낯설기의 진수를 보여 주었다고 입을 모았다.

나는 손님들에게 와 주어서 고맙다는 인사를 하기에 바빴다. 그리고 오후 늦게 어떤 손님이 내 작품 '그 후' 앞에 붙박힌 듯 서 있었다. 그 손님에게도 정중하게 인사를 했다. 인사를 하는 도중 "대단하군요. 이렇게 긴 차나무 뿌리가 있다니요."라는 근사한 목소리가 내 귀가 아닌 가슴을 울렸다. 근사한 목소리의 주인이 김석환 씨란 사실에 숨이 뚝 멎을 뻔했다. 그는 역시 당당하고 지적인 모습이었고 얼굴에는 삶의 활기와 자신감이 흘러넘쳤다. 윤기 흐르는 그의 목소리와 싱긋이 웃는 미소가 나를 송두리째 흔들어 버리고 말았다. 그동안 시간이 흐른 탓이었을까. 일본에서 느낀 것과 또 달랐다. 나는 그 시간부터 전시회에서 최고의 성적 얻기를 희망하는 것 따위는(결과적으로 대상을 받았지만) 없어지고 말았다. 그날 밤 가출하는 소녀처럼 그의 차를 타고 전시장을 빠져나왔다. 그가 가는 대로 가기로 했다. 가면서 그가 "우리는 그동안 왜 서로 연락을 하지 못하고 살았을까요?"라고 했다. 나에게 왜 연락을 하지 않았느냐고 묻는 것도 같았고 자기가 연락을 하고 싶었지만 함부로 할 수 없었다는 말 같기도 했다. 나는 속으로 남자가 먼저 연락을 하는 것이 자연스럽지 않은가? 라고 생각했을 뿐 아무 말도 하지 않았다. 그런 건 아무래도 상관없었다.

우리는 마치 사전에 약속이라도 한 것처럼, 그리고 늘 그렇게 해 왔던 것처럼 인천 송도 바닷가로 갔다. 갯바위에 나란히 앉았다. 때마침 작은 태풍이 일고 있었고 바위에 부딪치는 파도가 폭탄이 터지듯 요란한 소리를 내고 있었다. 쉼없이 하얀 포말이 분수처럼 뿌려졌다. 얼굴에 비 오듯 날아든 포말을 맞으며 그가 내 얼굴을 쓸어안고 자기 얼굴로 가져갔다. 파도는 더욱 큰 소리를 내고 모든 것이 파도에 휩

쓸려 바다 어디론가 멀리멀리 떠나 버린 것 같았다. 쉼 없는 파도소리에 묻혀 너무나 오랜만에 만난 오래된 연인처럼 몸과 마음이 형체도 없이 녹아내리고 말았다. 키스, 그가 내뿜는 뜨거운 열기가 숨 막히게 내 영혼 속으로 퍼졌다. 그는 목마름에 시달렸던 사막의 여행자가 신기루를 발견한 것처럼 몇 번인가 아! 하고 탄성에 가까운 신음소리를 퍼냈다.

얼마나 시간이 지났을까. 드디어 그가 내 얼굴에서 자기 얼굴을 떼어 내며 "아! 이 느낌만으로도 충분해요. 내 생애 최고의 날이 기록된 거요."라고 감격에 찬 목소리로 말했다. 그가 말한 대로 그날 밤 키스는 나의 모든 것을 바꾸어 버리고 말았다. 그때부터 내 시각, 청각, 후각, 미각 등 모든 것이 새로워지기 시작했다. 마치 봄에 세상이 새로 싹트는 소리로 요란하듯 내 안에서 무수한 싹들이 다투어 피어오르기 시작한 것이었다. 나는 남편이 아닌 다른 남자와 처음으로 키스를 해 본 것이었고 그 후 키스의 감격을 알아 버리고 말았다. 그런데 그는 매우 냉철했다. 나는 날마다 만나도 모자랄 것 같은데 일주일에 딱 한 번씩만 만나자고 했다. 그래야 한다고 했다. 어쩔 수 없었다. 아니 그것도 감격스럽기 짝이 없는 일이었다.

매주 금요일 오후 6시에 만나기로 했다. 그가 근무하는 서초동 사거리에서 반포 쪽으로 택시 승강장이 있고 승강장에서 백 미터쯤 아래쪽에 차를 대기시켜 놓고 그가 기다리기로 했다. 금요일을 기다린다는 것은 고문이었다. 지금 그가 일본으로 출장을 간 이후 21일을 기다려야 하는 기다림처럼 아침마다 내가 해를 끌어 올리고 내가 해를 끌어 내렸다. 그때도 할 수만 있다면 6일이란 시간을 하루로 압축시켜 버리고 싶었다. 나는 금요일을 기다리기 위해 사는 것 같았다. 금요일까지 참을 수 없어 중간에 한 번이라도 더 만나기를 원했지만 그는 엄정한 헌법을 준수하듯 정한 날짜 외에는 중간에 만나기를 원치 않았다. 더욱이 자기 회사 근처나 강남권 안의 음식점 혹은 카페에서 만나는 일은 절대 금지사항이었다.

그의 사무실에 꽃꽂이를 해 주는 일을 생각했다. 마음 같아서는 그냥 꽂아 주고 싶었지만 회사가 명분 없이 받아들일 리 없었다. 그래서 봉사 차원에서 싼 값에 해 주겠다고 제안했더니 회사는 이미 다른 곳과 거래를 하고 있기 때문에 곤란하다고 했다. 나는 더 이상 인내할 수 없어 하루에 한 번 혹은 이틀에 한 번씩 택시를 타고 그의 회사 건물과 가까운 은행으로 달려갔다. 잠시 얼굴만 보고 가기에는 은행이 좋은 장소였다. 은행에 볼일을 보러 온 것처럼 전화를 했고 그는 은행으로는 별걱정 없이 나와 주었다. 그는 태연하게 은행으로 들어와 "일은 다 봤어요?"라고 묻고 나는 다 봤다고 대답했다. 처음에는 그도 내가 은행에 볼일이 있어서 온 줄 알았지만 나중에는 눈치챈 듯했다. "수업에 지장

없어요?"라고 묻는 것이 그 증거였다. 그렇지만 계속 모른 척하며 연극을 잘 해 주었다.

우리는 자판기에서 커피를 뽑아 들고 나란히 앉아 마치 차례를 기다리는 사람들처럼 '띵동!' 하고 번호를 호출하는 전광판을 바라보았다. '띵동!' 하는 소리가 음악처럼 들렸다. 그것은 정말 음악이었다. 이 세상에서 가장 짧은 음악이었지만 가장 아름답고 감미로웠다. 우리는 타인들 속에 타인처럼 앉아 귀로는 띵동 소리를 들으며 속으로 말을 주고받았다. 사내연애 커플들이 근무 중 엘리베이터 안에서 만나는 시간이 가장 짜릿하다는 말이 이해가 갔다. 자판기 커피를 마시며 스치듯 눈으로 말하는 것, 그것만으로도 감격이었다. 우리에게 관심을 갖는 사람은 아무도 없었다. 회사 근처인 탓에 가끔 그에게 인사하는 사람들이 있었지만 은행에 온 사람에게 "무슨 일로 오셨습니까?"라고 묻거나 무슨 일로 왔는지 궁금해 하는 사람도 없었다. 사람들은 일을 보고 가기에 바쁘고 또는 전광판에 눈을 박고 있을 뿐이었다. 이리저리 사람들을 살피는 청원경찰도 우리에게는 눈길조차 주지 않았다.

그렇게 노상 보고 싶고 함께 있고 싶어 하면서도 나는 막상 그에게 가까이 가지 못했다. 두려움 때문이었다. 맨 처음 호텔에 들어갔을 때였다. 그는 언제나 강남권을 벗어나 시외로 나가기를 고집하고 세 번째 만나던 날에도 시외로 나갔다. 그가 호텔로 들어가기를 원했고 나는 통증을 염려하면서도, 자칫 출혈이 생긴다는 것을 잘 알면서도 '비장한 결심'을 하며 고개를 끄덕였다. 두려우면서도 그가 하자는 대로 따르고 싶었다. 그렇더라도 나는 3년 전 40세에 조기폐경이 됐다는 걸 말할 수도 없거니와 눈치채게 해서도 안 된다고 생각했다. 생리가 끊어졌을 때 산부인과 의사는 조기폐경일 수도 있고, 일시적인 현상일 수도 있다고 했다. 6개월에서 늦어도 일 년 안에 회복이 되면 일시적인 불규칙 현상이지만 일 년이 지나도록 회복되지 않으면 조기폐경일 거라고 하면서, 과로와 스트레스가 원인일 수도 있지만 유전일 수도 있다고 했다. 과로와 스트레스는 풀면 되지만 유전이라면 방법이 없었다. 유전이 아니기를 간절히 바라면서 따지듯 엄마에게 물어봤더니 엄마는 55세까지 끈덕질 정도로 꼬박꼬박 생리를 했다면서 펄쩍 뛰었다.

엄마는 생리 회복에 좋다는 약을 찾아 백방으로 헤매기 시작했다. 처음엔 민간요법을 시작하더니 점점 서울 시내에 있는 한의원과 건재약방을 구석구석 뒤지다 못해 지방까지 찾아다녔다. 집 안에 이름 모를 약초와 한약봉지가 쌓여 갔다. 다 소용없는 짓이었다. 산부인과 의사는 고개를 갸웃거리며 답답해하더니 낮은 목소리로 "남편과 연애를 하세요."라고 했다. 나는 어이가 없어 부부끼리 연애가 되느냐고 물었다. 그랬더니 의사는 연애하는 감정으로 남편과 사랑을 하면 호르몬 작용이 원활해져 도움이 되는 수가 있다고 했다. 꼭 남편이 아니더라도 누군가와 연애를 하면 호르몬 작용이 원활해지면서 생리가 다시 터질 수 있다는 말이었는데, 그때는 알아듣지 못했다. 그래서 나는 "어떻게 남편과 연애하듯 사랑을 하죠? 어떻게요?"라고 의사에게 항의하는 것처럼 혼잣말을 했다. 그러자 눈치 빠른 의사는 "같은 음식이라도 기분 좋게 먹으면 소화가 잘되어 몸에 이로운 법이지요?"라고 했다.

생리가 회복된다면 무슨 짓을 못 할까. 그땐 석환 씨를 몰랐을 때이고, 나는 정말 남편과 연애를 해 보려고 애썼다. 당장 자스민 향기가 숙면에 좋다고 해서 베개 속에 넣었던 걸 꺼내 쓰레기통에 던져 버렸다. 자스민은 옛날 중세시대에 신부들의 성욕을 없애기 위해 수도원에 심었다고 한 것 때문이었다. 밤이면 와인을 마시며 그럴싸한 분위기를 만들어 보았다. 침대에 코냑을 뿌리면 사랑의 묘약으로 변한다 하여 그렇게도 해 보았고, 20대 여성들이 선호한다는 시스루 속옷도 가지가지 사들였지만 다 소용없는 일이었다. 인간의 감정이란 물리적인 방법으로 되는 것이 아니었다. 예상했던 대로 남편의 태도는 한심스러웠다. 살이 훤히 비치는 속옷을 입고 남편 앞에서 얼쩡거리자 "갑자기 뭐하는 짓이냐"며 핀잔을 주는 것이었다. 생각해 보면 남편다운 반응이었다.

호텔에 들어간 후 그는 나에게 먼저 샤워하기를 권했다. 나는 방 안을 빙빙 돌며 끝내 샤워를 하지 않았다. 그는 "샤워 따윈 필요 없어"라고 하며 키스를 퍼부었다. 또다시 송도 바닷가에서 키스했을 때처럼 아! 하고 감탄을 뿜어냈다. 몇 번인가 감탄을 뿜어낸 후 정면으로 나를 바라보며 마지막 확인을 하듯 "괜찮겠어?"라고 물었다. 나는 그때서야 정신이 번쩍 들었다. 남편이 언젠가 "폐경이 된 여자들은 자기네들만 힘든 줄 아는데 남자 쪽에서도 마찬가지라구. 마치 반찬 없이 깡마른 밥을 씹는 것 같다니까."라고 했던 말이 번개처럼 스친 것이었다.

나는 잘못하다가는 그에게 실망을 주고 말 것이란 두려움에 단호하게 "안 돼요!"라고 말했다. 그러자 그는 전혀 아무렇지도 않게, 오히려 더 다정한 목소리로 "괜찮아. 그건 다만 신뢰를 쌓는 방법 중 하나일 뿐, 중요한 일이 아니야."라고 하며 어쩔 줄 몰라 하는 나를 아기 달래듯 달래 주었다. 나를 달래면서 그는 어서 방을 나가자고 했다. 그가 무척이나 미안하게 앞장서서 방을 나가고 나는 더욱 미안하게 그의 뒤를 따라 밖으로 나왔다. 밖으로 나온 그와 나는 갑자기 말이 없어졌다. 할 말도 없고 할 일은 더욱 없었다. 서로 서먹해하며 그가 먼저 차에 탔고 나는 주춤거리며 차에 탔다. 차가 시내를 향해 달리는 동안에도 서로 말을 꺼내지 못했다. 올 때와는 반대로 그에게서 멀어진 느낌이 들었다.

얼마나 달렸을까, 무척 긴 시간이 지났다고 생각되었을 때 차가 밀리기 시작하면서 속력이 뚝 떨어졌다. 그때서야 그는 내 손을 꼭 쥐어 주었지만 그것으로 침묵을 대신할 뿐이었다.

그는 그날 이후 두 번 다시 그런 시도를 하지 않았고 나는 섹스 콤플렉스라는 자조에 빠졌다. 섹스를 두려워하면서 그를 계속 만난다는 것이 그를 힘들게 한다는 자책이 밀려들었다. 몹시 괴로워서 친구인 민정이에게 모든 것을 털어놓았다. 사리판단이나 분별력이 명쾌한 그녀는 무엇이든지 시원시원하게 결말을 짓는 능력이 있었다. 민정이는 대뜸 "그럼 남녀가 만나서 뭘 하자는 건데?"라고 반문했다. 그녀는 간단히 정리했다. 섹스란 사랑하는 남녀 사이에 가장 간절하고 절실하고 순수한 표현이라고 강조하면서 섹스를 배제한 연인 사이란 접촉 불량인 전선 같은 것이거나 연결고리가 빠져 버린 기차선로라고 했다. 관계가 더 이상 진행될 수 없다는 말이었다.

그를 사랑한다면 그따위 폐경을 두려워하지 말고 그에게 나를 맡겨 버리라고 했다. 그래도 정 안 되겠으면 청산하라고 했다. 그를 그만 괴롭히라는 것이었다. 나는 청산할 자신이 없다고 했다. 그랬더니 민정이는 대뜸 화를 냈다.

"지고지순한 승연 씨, 연애에 있어서 여자는 이상을 추구하지만 남자는 현실을 추구하는 거야. 그래서 애인과 헤어져 집으로 발길을 돌리는 순간 그녀를 까맣게 잊어버린대."

민정이는 나에게 충격요법을 쓴 것이었다. 정말 나에겐 충격이었다. 남자가 현실을 추구한다는 건 가볍기 짝이 없었다. 만났다 돌아서면 그만인 것, 그냥 노는 것일 뿐이라는 의미로 해석되었다. 그래서 항의하듯 물었다.

"남자는 그런 거니? 정말 그냥 노는 거니?"

"그럼 만나서 요양원 봉사라도 하는 거니? 땅을 파기라도 하는 거냐구? 사실 놀다 오잖아."

"그렇지만 너무 가볍잖아. 집으로 발길을 돌리는 순간 까맣게 잊어버린다는 건."

"그럼 그 남자가 자기 집에 가서도 너를 머릿속에 담고 있을 거라고 믿니? 자기 아내 옆에서도 말이야?"

"나는 그래. 아정이 아빠가 있든지 말든지 오로지 내 머릿속에는 그 사람뿐이야."

"넌 지금 가정과 연애를 구분할 줄 모르는 거야. 자기 집을 향해 발길을 돌리는 순간 애인에 대한 모든 것을 싹 지워버리는 것. 얼마나 깔끔해."

"그래도 그건 아니야. 그건 아니라구."

"초짜하고는. 이래서 운전이든 연애든 초짜들이 무섭다니까."

민정이의 말을 모두 수긍하면서도 나로서는 여전히 자신이 없기는 마찬가지였다. 한편으로는 남자들의 가벼움에 대한 실망으로 인해 그를 만나지 않을 수도 있었다. 몇 날 며칠 밤을 뒤척인 끝에 옛날 꽃가게 아줌마로 돌아가기로 마음먹었다. 민정이는 눈에서 멀어지면 마음도 멀어지는 법이니 무조건 밖에 나가는 시간을 없애라고 했다. 도무지 밖으로 나갈 수 없도록 시간으로 나를 꽁꽁 옭아매라는 것이었다. 정말 시간으로 나를 묶어 버렸다. 학원에는 내 수족 같은 이 양과 강사 정 선생만 남겨 두고 나머지 강사 세 사람을 모두 내보냈다. 하루 종일 수업에 매달리기 위해서였다. 이 양이 깜짝 놀라며 어떻게 감당할 거냐고 말렸지만 속 모른 이 양의 말을 무시할 수밖에 없었다.

밤에도 무슨 일엔가 매달리기 위해 남편 가게 일을 돕기로 했다. 남편과 가까이 있는 것이 가장 효과가 크리라 생각하며 남편 옆에서 옛날처럼 신부부케와 꽃바구니를 만들었다. 때마침 일본과 프랑스에서 유행하고 있는 퀸 신부부케를 연구하면서 그들보다 더 잘 만들기 위해 적지 않은 돈을 투자 했다. 신부부케는 일회용이기 때문에 일반적으로 싸구려 장미와 백합이 주재료이다. 하지만 나는 평소 결혼식에 있어 신부부케가 드레스보다 더 중요한 것이라고 생각했다. 신부가 가슴에 모아 쥔 꽃은 인간의 중심을 상징하는 '가슴'이라는 영혼과 직결된 것으로 보았다. 그녀가 살아갈 일생의 중심이 거기에 모여 있고, 오직 신부만을 위해 일생에 단 한 번 존재하는 꽃다발인 탓이었다.

정말 영혼이 깃든 기가 막힌 부케를 만들기로 마음먹고 일본 직수입 명품인 황금 계열의 목단 '금각'과 백색계 목단 '송설', 유럽에서 수입한 백합 '클레마티스', 명품 장미 '로얄 화이트'를 사용하여 영국 황실에서나 사용할 만한 부케 작품을 만들었다. 황금빛 금각을 주지로 잡고 명품 장미로 촘촘히 살을 붙였다. 백색계 송설은 길게 늘어뜨린 줄기에 달았다. 얼마나 화려하고 찬란한지 눈물이 돌았다. 부케 하나 만드는 데 꽃값만 30만 원이 들었다. 한 송이에 2, 3만원을 호가한 황금의 꽃으로 불리는 것들이었다. 비싼 이유가 있었다. 그런 꽃은 농장에서 자를 때부터 공기를 차단하기 위해 스펀지에 물을 먹여 한 송이 한 송이 자른 부분을 감싼 채 잘라 끝을 봉해 배달되었다. 나는 다시 넓은 그릇에 물을 채우고 꽃대를 담가 물속에서 꽃받침 바로 아래까지 자른 다음 잘린 부분을 최대한 빠른 시간 안에 불로 지져 주었다. 일반 부케는 꽃송이 중앙에 철사를 넣고 꽃받침 아래로 뽑아 내어 손잡이를 만들지만 그런 꽃들은 철사를 대서는 안 되는 것이었다. 그래서 철사 대신 병원에서 수술용 실로 사용하는 고급 금실을 사용했다.

최고급 소재로 만든 부케는 장사를 하자면 백만 원 이상은 받아야 할 것이었다. 국내에서는 팔릴 턱이 없었지만 남편이 그것을 '노블레스 부케'라는 이름을 붙여 인터넷에 한 번 올려 봤다. 값은 150만 원을 붙였다. 그런데 깜짝 놀랄 일이 일어나기 시작했다. 국내에서 문의가 쇄도하면서 예약으로 이어진 것이었다. 나는 그때 처음으로 우리나라는 생각보다 돈이 많은 나라라고 생각했다. 그리고 돈을 잘 쓰는 국민이라는 것도 알았다. 나는 노블레스 부케 만들기에 밤마다 혼을 뺐다. 주문은 갈수록 늘어났고 날을 하얗게 새우기도 했다.

남편은 뜻밖에 돈 버는 재미에 어쩔 줄 몰라 하면서도 한편으로는 내 행동에 대해 어리둥절해 했다. 나는 꼬박 두 달을 그렇게 살았다. 남편은 두 달 동안 짭짤한 수입을 올렸고 나는 천년의 세월이 흐른 것처럼 아득했다. 그 아득함은 그로부터 멀어졌다는 증거가 아니었다. 선수가 혹은 배우가 더 좋은 성적을 올리기 위해 또는 자기 일생에서 가장 훌륭한 연기를 하기 위해 재충전을 하는 것처럼 나도 그런 시간을 보내고 있다는 기분이었다. 그에게서는 전화가 단 한 번도 오지 않았고 나는 하루에도 수없이 휴대폰을 열었다 닫기를 반복했다.

> 날카로운 첫 키스의 추억은 내 운명의 지침을 돌려놓고 뒷걸음질 쳐서 사라졌습니다. 나는 향기로운 님의 말소리에 귀먹고 꽃다운 님의 얼굴에 눈멀었습니다.

한용운 님의 시처럼 송도에서 그가 남긴 첫 키스가 가슴을 지져 댔다. 그건 내 심장을 관통해 버린 날카로운 첫 키스였다. 그의 말 한 마디 한 마디가 장미의 첫 선혈을 터트린 향기보다 더 향기로웠다. 눈에서 멀어지면 마음도 멀어진다는 말은 나에게 있어서는 허무맹랑한 소리였다. 송도 바닷가에서의 추억과 그가 했던 여러 가지 말들, 그의 미소가 두 달 동안 쌓아 올린 견고한 성을 허물기 시작했다. 그에 대한 그리움이 무섭게 밀어닥쳤다. 나는 해일처럼 쳐들어온 그리움을 이겨낼 수가 없었다. 백기를 들고 말았다. 얼굴은 중환자처럼 창백해졌고 가슴은 그리움에 지칠 대로 지쳐 있었다.

남편은 어디가 아픈 거냐고 물었고 친정 엄마는 요즈음엔 느닷없이 암이 발생하는 시대이니 병원에 가 보자고 졸라댔다. 아정이까지 "엄마 어디 아파?"라고 걱정으로 가득 찬 눈을 동그랗게 떴다. 곤란하기 짝이 없었다. 자기 마음을 자기 스스로 제어할 수 없는 것이 인간이라는 것을 알았다. 인간은 정말 자기 앞에 한없이 약한 존재였다. 연예인들에게 열광하는 중학생들을 생각했다. 그 아이들도 이런 심정인가 싶었다. 아정이도 연예인들에게 넋을 빼는 아이들 중 하나였다. 벽에다 남녀 아이돌그룹 가수들 사진을 도배하듯 붙여 놓고 혼을 빼다시피 하는 아정이를 붙들고 물었다.

"쟤네들이 그렇게도 좋으니?"

"그럼, 나만 그런가. 애들 다 그렇지."

"만나 봤니?"

"그 오빠, 언니들이 우리 같은 애들을 만나 주는 줄 알아? 어림없어."

"그런데 왜 좋아해? 자존심 상하게."

"자존심? 내가 좋아하는데 무슨 상관이야."

"사진만 바라보면서도?"

"그럼, 나를 위해서 좋아하는 거니까. 내가 좋으면 그만이지."

"너를 위해서 좋아하는 거라구?"

"그렇다니까."

아정이는 역시 중학교 2학년 아이답게 단순했다. 사진만 보고서도 좋아하는 것에 만족할 수 있는 아이들의 단순함이 부러웠다. 그것보다도 자기를 위해 좋아한다는 아정이의 말에 용기가 솟구쳐 올랐다. 나도 나를 위해 단순해지기로 마음먹었다. 그와의 관계를 너무 복잡하게 생각했다는 것이 문제라는 결론을 내렸다. 모든 것을 단순하게 생각하기 시작하자 모든 것이 수월해졌다. 나는 독감을 앓고 난 사람처럼 털고 일어나 다시 학원부터 원상복구시켜 나갔다. 사실 강사를 내보낸 학원은 파장처럼 쓸쓸하기 짝이 없고 갑자기 망했다는 소문이 파다하게 퍼졌다.

마치 태풍에 무너진 시설물을 보수하듯 학원도 내 마음도 모든 것을 다시 제자리로 돌려놓고 금요일에 그에게 전화를 했다. 그는 여전히 태연하고 담담하게 전화를 받았다.

"언젠가는 다시 만날 거라 믿었죠. 오늘이 마침 금요일이군요."

"그 시간에 그곳으로 갈게요."

"좋아요."

만남이 다시 재개되고 나는 날아갈 것처럼 기뻤다. 그런데 그는 나처럼 애태우지 않았던 것 같았다. 섭섭하고 자존심이 상했지만 자존심이 왜 상해? 내가 좋아하는데, 라는 아정이의 말을 떠올리며 그런 기분을 물리칠 수 있었다. 어서 오후 6시가 되기를 기다렸다. 오후 4시까지 내가 해야 할 수업을 모두 마쳤다. 약속 시간까지는 2시간이 남아 있었다. 2시간이 20년처럼 느껴졌다. 더 이상 견딜 수가 없었다.

초등학교 3학년 때 엄마가 손목시계를 사 주기로 했었다. 날짜를 정했는데 3일이 남아 있었다. 공부가 되지 않았다. 아이들에게 미리 자랑을 해 놓고는 과일가게에서 빙빙 돌았다. 엄마는 괜히 말을 미리 했다고 후회하면서 공부도 하지 않고 빙빙 돌면 사 주지 않겠다고 경고를 했다. 꼭 그때 같았다. 강의실을 왔다 갔다 하다가 탈출하듯 밖으로 나와 택시를 타기 위해 한길에 섰다. 차라리 학원을 나가 다른 곳에서 시간을 보내기로 한 것이다.

빈 택시가 좀처럼 오지 않았다. 학원을 나올 때 이 양이 무슨 말인가를 하려다 참는 표정이 떠올랐다. 내가 왜 이럴까? 하는 자책이 밀려들었다. 다시 학원으로 들어가야 한다고 생각했다. 조금만 더 참으면 지구가 갑자기 멸망하지 않는 한 반드시 오후 6시가 될 것인데, 라고 생각을 하면서도 마음은 어서 택시가 와 주기를 바라고 있었다. 한편으로는 택시가 와 주기를 바라면서도 중세시대 농장 주인들이 노예를 후려쳤다는 그런 채찍으로 절제할 수 없는 마음을 누군가가 사정없이 후려쳐 주었으면 하는 생각이 들었다.

그런 채찍이 없었던 것도 아니었다. 송도에서 전율하는 첫 키스를 하고 난 다음 사실 겁이 났었다. 키스의 감격에 취하면서도 문득문득 남편 얼굴이 떠올랐다. 그때까지 민정이에게도 말 못한 처지에서 나는 이성적으로 생각하려고 노력해 보았다. 내가 존경하는 소설가 선생님을 찾아갔다. 그 선생님의 작품 중에 주인공이 나와 비슷한 상황이었다. 그 주인공은 정신과 여의사였다. 그녀는 이혼녀였고 유부남을 치료하다 서로 사랑에 빠진 경우였다. 그 여의사는 스스로 판단을 내렸다. 사람이 얼마나 도덕적으로 사느냐보다 얼마나 행복하게 사느냐가 더 중요한 것이라고. 주인공은 "내 인생에 이런 쓰나미 같은 사랑은 다시는 찾아오지 않을 거야."라고 독백하면서 거부하거나 포기하거나 놓치면 반드시 후회할 거라고 했다. 후회는 암보다 더 무서운 거라고.

나는 그 여의사를 생각하면서 소설가 선생님에게 내가 어떻게 해야 하는지를 물었다. 석환 씨를 포기해야 하는지, 아니면 그 주인공처럼 놓치지 말아야 하는지. 나는 소설가 선생님이 그 여의사처럼 말해 주리라 확신하고 있었다. 그런데 아니었다. 소설가 선생님은 "브레이크 없는 차를 타려고 하는군요."라고 했다. 나는 선생님에게 실망하고 말았다. 그래서 나는 "그런데 그 작품에선 왜 그렇게 말했죠? '얼마나 도덕적으로 사느냐보다 얼마나 행복하게 사느냐'가 더 중요한 거라고 했잖아요."라고 쏘아붙였다. 그러자 소설가 선생님은 "승연 씨는 작품의 주인공이 아니에요."라고 했다. 나는 다시는 그 선생님을 만나지 않았고, 작품도 읽지 않기로 했다.

그때처럼 만약 누가 택시를 타지 말고 학원으로 다시 올라가야 한다고 하면서 채찍을 쳤더라도 나는 듣지 않았을 것이었다. 곧 택시가 내 앞에 멈추었고 나는 무엇에 쫓기듯 서둘러 택시를 탔다. 택시에서 그에게 전화를 걸어 시간을 당기자고 하고 싶었지만 그만두기로 했다. "공부도 하지 않고 빙빙 돌면 시계를 사 주지 않겠다."고 엄포를 놓았던 엄마를 생각하자 그가 다음으로 약속을 미루자는 말을 할까 봐 겁이 났다. 택시 기사에게 S백화점으로 가자고 했다. 백화점만큼 시간 보내기에 좋은 곳은 없기 때문이었다. 그와의 만남을 준비하면서 거기서 시간을 보내기로 했다.

액세서리 코너에서 막 출시됐다는 황갈색 뿔 헤어핀을 사고, 화장품 코너에서 엷은 오렌지색 루즈를 샀다. 이후 스카

프매장에서 실크스카프를 산 다음 2, 3층 의류매장을 돌기 시작했다. 그는 심플하고 깔끔하고 청순한 이미지를 좋아한다는 것을 생각하며 마음에 딱 드는 옷을 찾아 매장을 돌았다. 3층 맨 안쪽 중간 크기의 매장에서 카키브라운색 실크 원피스를 발견했다.

"손님은 귀여운 얼굴이라 정장보다는 이런 원피스가 잘 어울리겠는데요. 이 카키브라운은 어딜 가도 없어요. 이런 컬러 하나 만드는 데 수십 억이 든다고 하거든요. 요즘 뭐든 컬러 전쟁이잖아요."

매장 여자는 원피스에 가 있는 내 눈빛을 단번에 눈치채며 서둘러 원피스를 꺼내 들었다. 나는 망설임 없이 탈의실에서 원피스를 입고 나와 거울 앞에 섰다.

"어머! 세상에 이렇게 우아할 줄이야. 딱 손님 옷이에요. 실크의 부드러움과 손님의 고운 피부가 한데 어우러지는 게 너무 아름답네요. 옷을 파는 입장이지만 손님 같은 분을 만나면 괜히 내가 누구랑 데이트하고 싶어진다니까요. 실크의 감촉은 남자들을 꼼짝 못 하게 하잖아요."

매장 여자의 감탄이 내 기분을 완전히 새롭게 바꾸어 주었다. 그 여자의 말이 옷을 팔기 위한 부추김이라는 생각은 들지 않았다.

나는 원피스를 입은 채 반짝반짝 빛나는 대리석이 깔린 백화점 바닥을 사뿐사뿐 걸어 다니기 시작했다. 걸을 때마다 실크의 부드러운 촉감이 속살과 마찰했다. 아기살을 비빈 것처럼 느낌이 향기로웠다. 남자들이 꼼짝 못 한다는 매장 여자의 말을 이해할 수 있었다. 시간을 확인했다. 백화점에서 1시간쯤을 보냈지만 약속 시간까지 아직도 1시간이 남아 있었다. 이번에는 용기를 내어 한 시간쯤 약속 시간을 앞당기자고 할 생각으로 그에게 전화를 했다. 전화를 걸면서도 그동안 소식을 뚝 끊었다가 갑자기 하루에 두 번이나 전화를 한다는 것이 또 자존심이 상했다. 자존심이 상했지만 다시 아정이가 했던 말을 생각했다. 그가 의외라는 듯이 전화를 받았다.

"무슨 일이죠?"

너무 사무적인 태도에 말이 나오지 않았다.

"아, 오늘 오후 약속 취소하자는 건가요? 그래요?"

나는 휴대폰을 떨어뜨릴 뻔했다. 나는 떨면서 시한폭탄이 터지기라도 할 것처럼 재빠르게 그런 게 아니에요, 라고 소리치듯 말했다.

"그럼 왜죠?"

그는 말끝마다 '요'를 붙이며 계속 사무적으로 말했다. 근무 중에 전화 받을 때의 스타일이었으므로 충분히 이해하면서도 또다시 거리감이 느껴졌다.

"학원에서 미리 나와 있거든요. 여기 S백화점인데 약속 시간을 한 시간쯤 당기면 어떨까 해서요."

"약속대로 하죠."

그의 철두철미하고 용의주도함에 순간 진저리가 쳐졌다. 전화를 끊으면서 나는 학원으로 돌아가고 싶은 충동을 느꼈다. 그러나 그런 생각은 순간뿐이었다. 가끔 들르는 8층 문화센터 전시실로 향했다. 무언가 인내하기 힘들 때면 예술작품을 감상하는 것도 도움이 된다는 경험을 생각한 것이다. 작품을 감상하면서 뼈를 깎는 작가의 고뇌를 생각하거나 또는 작가만이 누리는 성취감을 상상하다 보면 어느덧 나와 그들이 동일시되면서 내 속에 고여 있는 우울한 것, 행복하지 않은 것들이 해소되기 때문이었다.

두 개의 전시실에서 각각 사진과 도자기를 전시하고 있었다. 사진 전시관으로 먼저 들어갔다. 소재는 모두 바다였고 깊은 물속을 찍은 작품이었다. 추상화와 똑같았다. 표면으로만 사진이라는 걸 구분할 수 있었다. 전시실 별실에는 촬영 현장인 바다 동영상이 돌아가고 작가가 물속으로 들어갈 때 입었다는 잠수복처럼 생긴 방수복이 펼쳐져 있었다. 목숨 건 치열한 작가정신을 피부로 느끼면서 내가 마치 그 작가와 함께하는 것처럼 바다에 빠진 기분이 들었다.

바다 덕분에 기분이 빠르게 전환되었다. 이번엔 도자기 전시실로 발걸음을 옮겼다. 소박한 분청자기 수십 점이 진열되어 있었다. 사진실과 달리 사람들이 대여섯 명이 있었다. 그나마 대충 보고 지나가 버리고 말았다. 여자 세 명이 다시

들어왔다. 그녀들은 선 채로 전시장 전체를 한눈에 바라보며 "요즘 세상에 이 애물단지를 왜 만드는지 몰라."라고 몹시 불만스럽게 말했다. 그 말이 도자기를 만든 작가를 꾸짖는 것처럼 전시장을 크게 울렸다. 또 한 여자가 공짜로 줘도 가질 게 못 된다며 맞장구를 쳤다. 또 한 여자는 "공짜가 뭐야. 마음대로 버릴 수도 없는데."라며 고개를 흔들었다. 그녀들이 전시장에 머문 것은 그런 말을 주고받은 시간이 전부였다. 작품을 보러 온 게 아니라 요즘 세상에 왜 이런 걸 만드느냐고 짜증을 내러 온 사람들 같았다. 전시장을 휭 나가버리는 그녀들 뒷모습을 바라보며 나도 모르게 한숨이 터져 나왔다. 물론 사람들이 다 그런 건 아니지만 꽃꽂이 전시회 때마다 겪는 일이 생각난 탓이었다.

도자기는 그나마 형체가 남아 있어 후일 얼마든지 재감상이 가능하고 재평가도 가능한 것이지만 꽃은 살아 있는 유한의 생명체인 탓에 허무하기 짝이 없다. 사진으로 남겨 놓는다고는 하지만 움직이는 무용을 사진으로 감상하듯 사진과 실물의 차이란 엄청난 괴리가 있게 마련이다. 조금 전 그녀들처럼 불과 몇 분 만에 대충 전시장을 돌고 나면 그만인 것까지는 그래도 고마운 일이었다. 내 주변인들은 대부분 꽃꽂이라는 예술을 이해하는 안목이 없는 탓에 꽃은 꽃 그대로 두고 보면 될 일이지 굳이 이렇게 꽃꽂이를 해야 할 필요가 있느냐고 수군대기 일쑤였다. 정말 그런 사람들에게 꽃 자체는 자연이고 꽃꽂이는 예술이라고 말해 주고 싶었지만 차마 그런 말을 할 수도 없어 속만 아팠다.

나는 꽃 예술을 하는 작가라는 자존심을 생각하며 두 곳 전시장을 꼼꼼히 돌았고 시간은 거의 맞아 가고 있었다. 어둠이 드리워지고 네온사인 간판들이 줄지어 돋아나기 시작할 무렵 약속 장소로 갔다. 택시 승강장 아래 그가 차를 대기시켜 놓고 기다리던 곳에서 그를 기다렸다. 10분이 넘게 기다렸을 때에야 그의 차가 내 앞에 멈췄다.

"승연 씨와 무려 두 달 만인데 아까는 미안했어요."

나는 힘없이 웃어 보였다. 한 시간을 앞당겨 주지 않은 것보다 말끝에 붙이는 '요'라는 존칭어가 더 마음에 들지 않았다.

"화났어요?"

그는 여전히 존칭어를 쓰며 적당한 거리를 유지하는 듯했다. 정말 인천 송도 바닷가에서 첫 키스를 할 때 '아 이 느낌만으로도 충분해!'라고 말했던 대로 어쩌면 그 느낌 하나만으로 만족한 것 같기도 하고, 또 한편으론 호텔에서 그냥 나오면서 나에게 미안해했던 그런 기분이 아직 남아 있는 것 같기도 했다.

차가 달리기 시작하고 서울 시내를 벗어났을 때에야 그는 차의 휠에서 오른쪽 손을 내려 내 손을 꼭 쥐었다. 그리고 "어디로 갈까?"라며 물었다. '요'를 붙이지 않자 비로소 숨통이 트였다. 용의주도한 그는 말투도 강남권을 벗어나서야 바꾼 것이었다. 나는 어디로 갈 것인지에 대한 물음에 답을 해야 했다. 민정이가 한 말 "섹스를 배제한 연인 사이란 접촉 불량인 전선 같거나 연결고리가 빠져 버린 기차선로이며, 사랑하는 사람끼리 가장 간절하고 절실하고 순수한 표현"이라고 강조했던 걸 생각하며 나는 자신감에 찬 목소리로 "미사리로 가요."라고 했다. 미사리는 락카페부터 시작해 그럴싸한 전원 호텔이 즐비한 곳이었다.

그는 내 말을 알아들었다는 듯이 내 손을 한 번 더 꽉 쥐면서 경쾌하게 휘파람을 불었다. 차는 미사리 조정경기장 쪽으로 들어가고 있었다. 긴 강줄기를 따라 느리게 차가 달리는 동안 나는 석환 씨가 첫날 호텔에서 말한 대로 서로의 신뢰를 쌓아야 한다고 생각했다. 민정이 말대로 폐경과 상관없이 내 감정이 시키는 대로 따르기로 결심했다. 강이 거의 끝나가면서 불빛이 현란한 락카페가 즐비하게 나타나고 카페를 따라 그날 그 호텔 간판이 보였다. 그가 입을 열었다.

"승연 씬 이런 곳 싫어하잖아?"

"그렇지 않아요. 이젠 그렇지 않다구요."

나는 호들갑스러울 정도로 급하게 말했고 그는 갑자기 그런 곳에 익숙해진 것처럼 말하는 나를 이해할 수 없다는 표정을 지었다. 그는 차를 멈추고 내 눈을 한참 동안이나 바라보았다. 내 눈빛에서 내 결심을 확인한 듯했고 나 역시 그의 눈빛을 바라보며 자신감을 내보였다. 이젠 내가 조기폐경된 여자라는 걸 그가 알아도 상관없다는 자신감이었다. 자신감은 역시 무슨 일을 훨씬 원활하게 해 주는 모양이었다. 큰 대회를 준비할 때마다 성공은 자신감에서부터 시작된다고 했던 류초희 선생님의 당부도 나를 열심히 응원해 주었다. 심지어 내가 좋아하는데 자존심이 무슨 상관이냐는 아정이의 말까지 합류하고 나섰다.

우리는 신혼여행을 온 신혼부부처럼 저녁을 먹고 차를 마시며 적당히 음악을 들은 다음 편안하고 행복한 마음으로 그날 그 호텔로 들어갔다. 첫날과 달리 자연스럽게 그의 뒤를 따라 방으로 들어갔다. 그리고 나는 첫날처럼 멀뚱하게 또는 어색하고 서먹해 하며 우뚝 선 채 방 안을 두리번거리는 것이 아니라 마치 내 방인 것처럼 자연스럽게 먼저 샤워를 하겠다고 나섰다. 그러는 나를 그는 좀 의아한 표정을 짓기는 했지만 정다운 눈빛으로 바라보며 미소를 지었다. 그리고 처음과 달리 내 의사를 묻는 절차를 건너뛰었다. 대신 내 귀에 대고 "그래 시간이 필요했던 거야!"라고 속삭였다. 모든 일은 그렇게 물이 흐르듯 진행되었다.

그를 너무 그리워했던 탓이었을까. 그날 밤 내가 그토록 두려워했던 통증은 전혀 없었다. 내가 지금까지 스스로에게 거짓말을 했거나 무엇에 속은 것 같았다. 통증 대신 오히려 라일락 향기가 꽃구름처럼 피어올랐다. 내 몸과 영혼 어딘가에 단단히 얼어붙은 것이 비로소 용해되는 신묘한 카타르시스, 몸과 영혼이 분리되어 버린 듯한 순간이었다. 나는 처음으로 그런 '작은 죽음'의 세계를 통과하면서 거기엔 오로지 신만이 아는 극적인 순간이 숨어 있다는 것을 알았다. 그런데 정작 놀라운 일은 한 달 뒤의 일이었다. 모란꽃 같은 선홍색 생리가 터진 것이었다. 폐경이 된 지 꼬박 3년 만이었다. 지체 없이 산부인과로 달려갔다. 남편과 연애를 하라고 했던 의사가 3년 만에 회복된 경우는 백에 하나 있을까 말까 한 일이라면서 기적이라고 했다. 나는 감격을 주체하지 못한 채 석환 씨에게 전화를 걸었다. 그리고 흥분된 목소리로 "사랑해요!"라는 말을 열 번쯤 되풀이했다.

다시 마지막 날

이 양이 물백합 빈 속대에 수수깡을 끼워 넣으면서 내 표정을 살피는 눈치였다. 내 눈길이 휴대폰에서 떨어지지 않고 있기 때문이었다. 그렇지만 나는 이 양의 눈치를 볼 여력이 없어지고 말았다. 정말이지 전화기를 바라보며 전화벨이 울리기를 기다리기란 못할 짓이라고, 차라리 이 양에게 하소연이라도 하고 싶은 심정이었다. 그때 G선상의 아리아가 울렸다. 나는 혹시 환청인가 싶어 휴대폰 화면을 뚫어지게 바라보았다. 분명히 석환 씨였다. 전화를 차마 집어 들지 못했다. 조용하고 감미로운 G선상의 아리아가 슬프게 들렸다. 바이올린의 가장 낮은 음 G선이 눈물처럼 가슴을 적셨다. 곡이 다 끝나 갈 즈음에야 시한폭탄을 집어 들 듯 떨리는 손으로 휴대폰을 들어 올려 귀에 갖다 댔다. 분명히 그의 이름을 확인했으면서도 그가 아닐지 모른다는 두려운 생각이 들기도 했다. 내 입에서 이제 막 산소호흡기를 뗀 중환자처럼 아주 작은 신음소리가 새어 나왔다.

"아!"

"나야, 전화 오래 기다렸지?"

눈물이 왈칵 솟구쳐 올라 목울대를 압박했다. 계속 말을 하지 못한 채 그냥 있었다. 반가움과 원망이 한데 어우러진 내 숨결이 무척 거칠어지면서 모조리 휴대폰으로 빨려 들어간 모양이었다.

"아이구! 이 숨소리 좀 봐. 무척 화났구나. 알아. 하루 종일 내 전화 기다리느라 살이 쏙 내렸을 거야. 나도 그랬으니까. 일이 좀 꼬였거든."

"무슨 소리죠?"

나는 그때서야 정신이 번쩍 들어 다그쳐 물었다.

"그게 말이지. 또 귀국 날짜에 차질이 생겼지 뭐야. 내일 오후 7시로 변경됐어. 어떻게든 예정대로 오늘 귀국하려고 애써 봤는데…… 그래서 전화가 늦은 거구. 나도 화가 나. 승연이, 하루만 더 기다려 줘. 알았지. 예쁜 얼굴 상하지 않게 절대 화내면 안 돼."

"또 하루를 더!"

나는 공허하게 소리치며 전화를 끊었다. 다시 하루에 한 시간이 늦어진 것이었다. 모든 것이 엉망이 되어 버린 기분이었다. 정말 내가 기다린 모든 것들, 내가 계획하고 꿈꾸고 기대했던 것들이 초라하게 나뒹굴기 시작했다. 힘이란 힘이 모조리 빠져나가면서 몸과 마음이 쌩쌩 부는 바람에 휘말린 듯했다. 이제부터 무얼 하지? 라는 질문을 하며 멍청하게 앉아 꼼짝하지 않았다. 이 양이 옷을 갈아입으면서 "원장 선생님 퇴근 안 하세요?"라고 물었다. 이 양 말대로 이제 어쩔 수 없이 퇴근해서 집으로 가는 것만 남아 있었다. 몸이 움직여지지 않아 나는 여전히 부동으로 책상에 앉아 있고, 이 양이 먼저 가요, 라는 말을 남기고 퇴근했다. 꿈꾸듯 몽롱한 상태에서 시간이 가고 불을 켜야 할 정도로 어둠이 내렸을 때에야 나는 산모가 만삭의 몸을 끌 듯 무겁게 일어나 밖으로 나왔다.

밖은 나를 더 못 견디게 만들었다. 그대로 집으로 갈 수가 없었다. 밤의 찬란함이 주는 우울함에 쫓겨 극장으로 들어갔다. 시간 가는 줄 모르게 영화는 영화대로 내 마음은 내 마음대로 따로 흘렀다. 하필이면 액션영화였을까. 총성으로 시작해 총성으로 끝난 영화란 것밖에는 무슨 영화를 봤는지 기억할 수가 없었다. 그렇게 종료시간까지 앉아 있다가 사람들을 따라 극장을 나와 집으로 돌아왔다. 남편이 혼자 TV를 보고 있었다. 나는 집에 와서야 시계를 봤다. 12시 10분 전이었다. 남편이 어디 갔다 이제야 오는 거냐고 물을 줄 알고 '무슨 대답을 할지' 빠르게 생각했지만 남편은 열심히 TV만 보고 있었다. 나는 생각을 바꾸어 태연하게 혼자 영화를 보고 왔다고 말했다. 그래도 남편은 나를 힐끔 돌아볼 뿐 별다른 반응 없이 가만히 있었다. 가만히 있는 것이 기분 나빠 다시 말을 걸었다.

"산에서 잘 줄 알았는데."

"내가 산에서 몇 번이나 잤다고 그런 거야."

"당신도 무언가에 빠져 보라구. 일 말고."

"당신처럼?"

찬물을 뒤집어쓴 것처럼 정신이 화들짝 들 줄 알았는데 놀라지지가 않았다. 학원으로 남편이 올라왔을 때처럼 나는 이미 어떤 공격에 대해 반격할 태세가 갖추어져 있었다. 공격 무기의 안전핀에 손가락을 얹은 상태로 전혀 동요 없이 남편을 향해 퉁명스럽게 물었다.

"나처럼?"

"아정이가 어디가 아픈지 아느냐구."

뜻밖에 아정이 말이 나오자 나는 안전핀에 올려놓았던 손가락을 슬며시 내려놓았다.

"아정이가 왜?"

"아정이가 아파서 오늘 오전 내내 양호실에 누워 있었대."

"내가 그걸 왜 몰라. 아정이가 아침에 전화했었는데. 그리고 곧 괜찮아졌다고 했고."

내 말의 절반은 신경질이었다.

“당신이 화를 내니까 그냥 괜찮다고 해 버렸다는 거야.”

“그게 아니라니까.”

내 말은 점점 거칠어져 갔다. 앙칼진 장미 가시 같았다.

“10시쯤에 내가 들어오자마자 엄마는 어디 갔는데 아직 안 오느냐고 하면서 요즈음 당신이 자기한테 신경을 안 쓴다는 거야. 아정이뿐인 줄 알아. 내가 아무리 시장바닥에서 꽃이나 파는 놈이지만 그래도 모임 때는 양복을 입어야 하잖아. 지난번 모임에 나갈 때도 입을 와이셔츠가 없었던 거 알기나 하냐구?”

나는 아정이에겐 조금 미안한 생각이 들었지만 남편의 와이셔츠에 대해서는 미안하지 않았다. 오히려 일 년에 많이 입어야 대여섯 번이 될까 말까 한 걸 가지고 와이셔츠 타령을 하고 있다는 생각에 속으로 코웃음을 치며 침대에 벌렁 누워버리고 말았다.

그러자 남편은 마치 짐승이 먹이를 습격하듯 덤벼들었다. 내 옷을 열어젖히며 가슴을 더듬기 시작했다. 남편의 유방 탐닉은 어제오늘의 일이 아니라 전혀 놀랄 일은 아니었지만 조금 전 대화나 분위기로 봐 아무리 분위기 파악을 못하는 남편이라 할지라도 앞뒤가 맞지 않았다. 그 순간에도 김석환 그를 기다리다 지쳐 버린 마음은 이상한 울분이 솟구쳐 오르면서 반감을 불러일으켰다. 남편이 하는 대로 내버려 두었다. 순간 그를 배신한 것도 같고 그에게 해서는 안 될 일을 저지르고 있다는 불쾌감이 들었다. 결국 나는 남편을 밀쳐 내고 말았다. 남편은 순간 당황해 하면서도 포기하지 않았다. 나는 하루 종일 참았던 울화가 한꺼번에 밀어닥치기 시작해 소리를 지르고 말았다.

"미쳤어!"

"여자들은 갑자기 습격해 주면 좋아한다면서? 책에서 봤거든."

남편 사무실에서 본 부부탐구에 대한 책이 떠올랐다. 남편은 정말 책에서 무언가를 읽었고, 읽은 대로 오늘은 배설이 아닌 무언가를 해 보려고 시도한 모양이라는 생각이 들었다.

"이제 생리가 나와서 수월하잖아."

이상한 일이었다. 생리가 다시 시작된 지 5개월이나 되었는데도 남편과의 성교 통증은 호전되지 않았다. 내 속을 모르는 남편은 오로지 생리만 믿고 자유롭게 피스톤질을 하면서 제법 말도 많아졌다.

"나를 꼭 안아 봐, 팔에다 힘을 주고."

남편은 또 말을 했다. 그런 말은 처음이었다. 그럴 리 없지만 마치 어디선가 강습이라도 받은 것 같다는 생각이 들었다. 나는 마지못해 마른 빨래를 거두어 개키듯 힘 빠진 팔을 거두어다 남편 등에 얹어 주었다.

"힘껏 안으라니까. 두 손을 깍지 끼고 꽉 조여 봐."

남편의 말은 점점 나를 놀라게 했다. 아무래도 배설이 아닌 사랑을 해 보려고 애쓰는 것 같았다.

그런데 남편에겐 도무지 어울리지 않았다. 차라리 평소처럼 묵묵히 엎드려 배설을 하고 나는 인내하는 것이 남편과 나, 우리 부부다운 행위일 것이었다. 갈수록 통증이 심해졌다. 나는 통증을 참으려고 안간힘을 쓰면서, 평소처럼 '남편은 아정이 아빠이고 우리 집 가장이니까, 이건 가정이니까, 남편의 행위를 거부해서는 안 되니까.'라고 속으로 외웠다. 그러면서 마지못해 두 손을 깍지 끼고 조금 더 힘을 넣어 주었다. 그런데 곧 손가락이 풀리고 말았다. 내일 밤, 석환 씨와 극적인 밤을 가질 것을 생각하자 몸과 마음을 아껴두어야 한다는 안타까움이 밀려든 탓이었다. 남편은 곧 입을 다물고 혼자서 열심히 출렁거리기 시작했다. 나는 부부라는 이름 아래 참아야 하고 남편은 배설을 해야 할 것이었다. 전업주부여자 말대로 나는 중노동이 시작된 것이고, 가정선생여자 말대로 남편은 습관을 되풀이한 것이었다.

다시 그를 기다리는 마지막 날이 밝았다. 그를 기다리는 똑같은 아침이지만, 내가 태어나 지금까지 가장 감격했던 어제 아침과는 전혀 달랐다. 오늘 아침의 나는 장미가 첫 개화에서 진액의 향기를 왕창 퍼내 버린 뒤의 잔여분 같은 것이라고 하면 적절할 듯했다.

"엄마 어디 아파?"

아정이가 눈을 동그랗게 뜨고 걱정스런 표정을 지었다.

"어디 아픈 거야?"

남편도 아정이를 따라 물었다. 나는 아니라고 손사래를 치며 빵을 굽고 커피를 준비했다. 남편은 급한 주문이 기다리고 있다면서 커피를 마실 여유도 없이 집을 나가 버렸다. 아정이는 어제 아팠다는 것이 전혀 실감나지 않게 명랑한 모습으로 재잘거리며 빵과 햄을 먹고 학교로 갔다.

어제 아침처럼 다시 집 안이 텅 비었다. 어제처럼 가슴이 설레지 않았다. 눈치 빠른 유월이가 내 앞에서 꼬리를 흔들며 애교를 부리기 시작했다. 유월이를 끌어안으며 나는 절망을 몰아내려고 애썼다. 시들어 가는 꽃을 살리려고 애쓸 때처럼 황금석류를 먹었다. 따지고 보면 석환 씨 잘못이 전혀 아닌데, 회사 일인데, 할 수 있는 한 어제 귀국하려고 애썼다는데, 그러다가 안 되어서 오늘 귀국한다는데, 절망 속에 나를 처박아 두는 것은 불필요한 짓이라는 자책이 밀려들었다. 기운을 차리는 데는 움직임이 최고였다. 다시 전화를 한다고 했던 말을 생각하며 일찌감치 헬스장으로 갔다.

헬스장에는 어제처럼 두 여자가 먼저 와 뛰고 있었다. 그녀들도 이제 막 온 모양인지 뛰기에 탄력이 붙지 않은 상태였다. 그녀들과 평소처럼 인사를 나누고 나도 러닝머신에 올라섰다. 오늘도 중급자 버튼을 선택했다. 배를 위로 끌어 당기고, 횡격막을 추켜올린 상태에서 뛰기 시작했다. 두 여자는 부지런히 이야기를 주고받으며 뛰고 있었다. 전업주부여자는 가정선생여자와 이야기를 하면서도 버릇대로 내 몸을 틈틈이 바라보았다.

가정선생여자도 마찬가지였다. 평소 내 몸매에 전혀 관심이 없는 것처럼 냉정을 떨면서도 내가 눈치채지 못하게 몰래 훔쳐보는 것이었다. 나도 뛰면서 전업주부여자의 출렁거리는 뱃살, 어깨살을 몰래 훔쳐보기를 한다. 그러니까 가정선생여자는 나를 훔쳐보고, 나는 전업주부여자를 훔쳐보는 것이다. 오직 전업주부여자만이 나를 마음 놓고 관찰하듯 바라보는 것이다. 그런데 언젠가 내가 그녀를 훔쳐보다 들킨 적이 있었다. 그녀는 마치 도둑을 적발한 것처럼 "승연씨, 아주 한심하다는 눈빛 같아요."라고 해 당혹스러움을 감추지 못했다. 나는 단 한 번도 그녀를 한심하다고 생각한 적이 없기 때문이다. 오히려 몸매를 두고 말한다면 쇄골 미인이라고 은근히 자랑하는 가정선생여자의 깡마른 몸이야말로 여성으로서 전혀 매력이 없다고 생각한다. 뿐만 아니라 예민하고 날카롭고 이기적이고 인색해 보이기까지 하는데, 우리 셋 중 그녀는 지금까지 음료수 한 번 산 적이 없었다. 몸집처럼 마음도 풍성한 전업주부여자가 줄곧 샀고, 나는 전업주부여자가 서너 번 사면 한 번 정도는 사는 편이었다.

뛰기를 마치고 두 여자가 먼저 샤워실로 나갔다. 나는 그녀들보다 늦게 시작한 탓에 15분을 더 뛰고 샤워실로 가 전업주부여자 옆에 있는 샤워기를 집어 들었다. 전업주부여자가 내 몸을 위아래로 훑어보며 어제보다 살이 더 빠진 것 아니냐고 물었다. 그러자 가정선생여자가 너는 남의 몸에 저울을 매달아 놓기라도 한 거냐면서 핀잔을 주었다. 전업주부여자 말이 맞을 것이었다. 나는 살 내리게 기다렸던 그의 전화와 만남이 하루 더 늦어진 데 대한 실망 등으로 분명히 살이 내렸을 거란 생각이 들어 "맞아요. 살이 내려도 많이 내렸을 거예요."라고 대답했다.

"두 사람은 몸뚱이에다 모든 걸 걸고 사는 사람들 같다니까. 그렇게도 희망할 게 없어?"

가정선생여자가 나와 전업주부여자를 한심하다는 투로 말했다.

"이게 다 남편을 위해서가 아니겠어."

전업주부여자가 웃으며 응수했다.

"갈수록 한심하군. 그러니까 세진이 넌, 너를 위해 몸 관리를 한 게 아니라 남편을 위해 하는 거라구?"

가정선생여자가 어이없어 하며 쏘아붙였다.

"그래, 나는 오늘밤 내 남편에게 실크처럼 매끄러운 감촉을 선물하기 위해 열심히 이 짓을 하고 있는 거라구. 승연씨, 안 그래요? 조선시대 샌님 같은 김 선생은 어떤지 몰라도 우린 남편에게 최상의 만족을 주기 위해 이렇게 애쓰는 거 아닌가요? 그리고 그게 궁극적으로 우리 자신을 위한 거구."

나는 그녀의 말에 웃어 주고 말았다.

"그런다고 남편들이 자기 와이프가 최상이라고 생각하는 줄 알아? 어제 자기 입으로 말했잖아. 남편들은 자기 와이프가 예쁜지 미운지 전혀 감각이 없다구."

"그야 그렇지만, 남편 관리 잘해야 한다구. 나는 직장생활하는 여자들 큰소리치는 거 되게 못마땅하거든. 마치 자기네들은 무슨 특별한 족속인 양 남편에 대해 관심 없다는 식이지. 특히 김 선생 너."

"난 우리 여성들이 남편이든 뭐든 성적 대상이 되어서는 안 된다고 생각하는 사람이야. 그리고 남편이 바람피우는 걸 몸으로 막아보겠다는 건 난센스지. 정말 한심한 난센스라구."

"뭐, 한심한 난센스?"

전업주부여자는 정말 화가 난 얼굴로 가정선생여자를 쳐다보았다. 내가 듣기에도 그건 너무 심한 표현이었다.

"그래, 난센스지. 왜냐하면 남자들이 자기 아내에게 불만이 있어서, 혹은 싫어서, 텐트 밖 여자를 만나는 게 아니니까."

"그럼 남자들이 텐트 밖 여자를 만나는 이유가 뭐야?"

"내가 늘 말하잖아. 인간은 끊임없이 새로움을 추구하는 거라고. 새로움에 대한 욕망, 새로움에 대한 동경 말이야. 승연 씨는 예술가니까 내 말에 공감, 동의하죠?"

"공감하고 동의해요."

나는 대뜸 대답했다. 인간은 끊임없이 새로움을 추구한다는 것, 가정선생여자가 내 생각을 유도하지 않았더라도 나는 그녀가 한 말에 이미 공감하고 동의하고 있었다. 그렇지만 몸으로 바람기를 막아 보려는 여자를 한심하다고까지 혹평한 건 아무래도 자신의 몸매에 대한 콤플렉스라는 생각이 들었다. 평소 몸매 말만 나오면 핀잔을 주거나 같은 여성으로서 지나치게 매도하다시피 하는 걸 보면 콤플렉스도 중증일 것이었다.

"그런데 새로움이란 거, 사실 알고 보면 싱겁기 짝이 없는 것 아니겠어. 정말 멋없는 내 남편이 어떤 여자에게는 새로울 수 있는 거구. 예쁜지 미운지 분간이 안 가는 내 아내가 어떤 남자에게는 새로울 수 있는 거니까."

가정선생여자가 새로움에 대해 보충 설명까지 늘어놨지만 전업주부여자는 시큰둥한 표정이었다. 그리고 다시 가정선생여자에게 공격하듯 질문했다.

"그건 그렇다 치고, 몸이 아니면 남편 바람을 뭘로 막지?"

"못 막아. 막을 방법이 없는 거야."

"막을 방법이 없다구? 그럼 어떡해."

"왜 바람이라고 하겠어. 지나가게 되어 있다는 말이지. 지나가도록 두는 수밖에 없는 거야."
"지나갈 때까지가 문제잖아."
"나무가 바람을 타면 흔들리지만 제자리에 우뚝 서 있잖아. 남잔 그런 거라고 생각하면 돼."
"태풍 불면 나무가 쓰러지는 경우도 있잖아."
"나무 나름이지. 천재지변 말고는 함부로 나무가 쓰러지진 않아."
"김 선생 넌 남자에게 너무 관대해."
"아무튼 세진이 넌 걱정 마, 세상 남자가 다 바람피워도 천하에 없는 애처가, 네 남편은 바위처럼 꼼짝 안 할 테니까. 아무튼 난 남편이 바람피울까 봐 염려가 되어 몸을 가꾼다는 게 우습다는 거야. 설사 바람이 난다 하더라도 남자들은 여자들보다 훨씬 더 현실적이니까. 사회적 체면과 가정을 위해 무섭게 몸을 사린다는 얘기지. 그러니까 남편 바람피울까 봐 전전긍긍할 것까지 없다는 얘기야."
"정말 그럴까?"
"남편 내버려 두고 세진이 너도 자신을 표현할 수 있는 뭔가를 해보라니까. 승연 씨처럼 꽃꽂이를 한다든지, 아니면 나처럼 화실에 다닌다든지."
"김 선생 너, 그림 좀 그린다고 종종 나를 무시하거든."
전업주부여자가 이번에도 발끈했다.
"무시하기는, 함께 화실에 다니자는 권유지."

"어머, 그림 그리세요?"

까칠하고 딱딱하게만 보인 가정선생여자가 그림을 그린다는 건 뜻밖이었다. 그림이든 무엇이든 예술을 한다는 게 반가웠다.

"사실은 전공하고 싶었던 건데 그냥 취미로 하는 거죠."

전공 운운하는 걸로 보면 어느 정도 내공이 쌓인 모양이었다. 지금까지 딱딱하게만 느껴졌던 그녀가 갑자기 달라 보였다.

"난 그림보다 음악을 하고 싶다고 했잖아."

"그래, 넌 언제나 하고 싶을 뿐이지."

두 사람이 다시 티격태격하기 시작했다. 나는 계속되는 두 여자의 이야기를 뒤로하고 어제처럼 헬스장을 나왔다.

학원에 출근하여 커피를 마시며 어제처럼 휴대폰을 바라보았다. 그리고 커피 잔이 거의 바닥을 드러낼 즈음 휴대폰이 울렸다. 나는 어제보다는 차분하게 휴대폰을 열었다. 예상대로 그의 전화였다.

"오늘도 전화 많이 기다렸구나. 키스해 줄게. 쪽!"

그는 전화기에 대고 키스하는 소리를 내 주었다. 나는 이제 더 이상 불만이 없고, 오늘 밤이면 그의 얼굴, 아니 그의 가슴에 내 얼굴을 묻을 수 있다는 설렘에 휩싸이자 눈이 감기면서 벌써부터 그와 함께 있는 것 같은 착각에 빠져들었다. 그리고 한결 여유 있게 다음 말을 꺼냈다.

"몇 시 비행기죠?"

"오늘 오후 7시 비행긴데 부산 김해공항이야."

나는 "'안 돼요!"라고 소리치며 그의 말을 더 이상 들을 수 없어 전화를 끊어 버릴 태세를 취했다.

"부산지사에 들러야 해서. 회사 지시니 어쩌겠어. 그래도 내가 오늘 밤이면 확실히 대한민국 땅에 발을 딛잖아. 승연이가 있는 우리나라 땅에……. 아무튼 서울에서 만나. 서울에 가서 다시 전화할게. 아마 내일 오후에나 만나게 되겠지."

나는 '아마 내일 오후에나 만나게 되겠지'라는 그의 말을 거부하듯이 전화를 끊어 버리고 말았다. 눈에서 눈물이 흘러내렸다. 눈물이 얼마나 뜨거운지 용암분출을 떠올렸다. 정말 얼마나 끓어올랐으면 참다못해 그 깊은 땅 속에서 지상으로 솟구쳐 올랐겠는가를 생각하며 뼛속에서 나온다는 눈물도 마찬가지일 거라고 생각했다.

원장 선생님 전화 받으세요, 라는 이 양의 말에 재빨리 눈물을 삼켰다. 전화는 받아도 그만 안 받아도 그만인 수강문의 전화였다. 처음에 무엇부터 배우느냐. 사범반에 올라가는 데 몇 년이나 걸리느냐 등등의 질문을 했다. 꽃꽂이를 좀 아는 사람이었다. 나는 대충 대답을 해 주고 수화기를 놓았다. 그것이 북받쳐 오른 설움을 어느 정도 흡수해 주었지만 그래도 큰 소리로 울고 싶은 심정을 참기 어려웠다. 이 양 때문에 마음대로 울 수도 화낼 수도 없어 꾹꾹 눌러 참으면서 그가 오늘 밤에도 서울에 도착할 수 없다는 충격과 싸우기 시작했다. 수학에서는 부정의 부정은 긍정이 되고, 거짓과 거짓을 곱하면 참이 되지만, 두 번이나 무산된 그의 귀국은 점점 나빠져 갔다.

오후 1시 수업을 들어가면서 머릿속은 수업 내용 대신 다시 하루라는 시간을 도저히 감당할 자신이 없다는 생각으로 가득했다. 수업 내내 심호흡을 펴내며 심장박동을 누그러뜨리려고 애쓰자 얼굴이 붉게 달아올랐다. 마음을 종잡을 수 없는 상태에서 강의를 시작했다. 들어온 지 일 년밖에 안 된 초급반 수업은 꽂꽂이 개론 중 겨우 역사를 마쳤으므로 기본형인 정형화의 구조를 들어가야 했다. 하지만 나는 전혀 다른 내용인 마른 나뭇등걸이나 돌, 유리관, 철사 또는 고철 등 여러 가지 조화를 의도적으로 사용하는, 자유형 중에서도 가장 첨단인 오브제를 강의하고 있었다. 물론 그것도 안 될 것은 없지만 어떤 학생에게는 첫돌을 지낸 어린아이에게 어른이 먹는 음식을 들이댄 격이 될 수도 있었다.

그렇더라도 나는 자꾸 파격을 강조하고 싶었다. 꽃만 가지고 작품을 하는 건 내 적성에 맞지 않았다. 정형성, 누구나 그렇게 생각하는 것, 고정관념적인 것은 숨이 막혔다. 그건 정체였다. 그래서 나는 문하생들에게 과감하게 나갈 것을 당부하는 버릇이 있다. 대학에서도 공부 좀 하는 학생들은 학년을 마음껏 넘나들며 공부하듯이 사실 꽃꽂이를 하는 데도 초급, 중급, 고급으로 나눈 단계별 수업이 반드시 필요한 건 아니었다. 오브제 소재를 보고 '저건 꽃이 아니잖아?'라는 눈빛들이었지만 문하생들은 입을 열지 않았다.

"그럼 변기를 '샘(泉)'이라고 하는 건 그림인가요? 피카소가 자전거 안장에다 핸들을 거꾸로 붙여 놓고 제목을 '황소머리'라고 한 건 황손가요?"

나는 단도직입적으로 질문을 던졌다. 변기 그림은 입체파 뒤샹의 작품을 말한 것이고, 자전거 핸들은 황소머리로 유명한 피카소의 오브제를 말한 것이었다.

"꽃꽂이야말로 입체예술이에요. 여기에 놓여 있는 철사와 유리관과 마른 나뭇가지와 돌과 고철에 생명을 불어넣을 수 있는 것은 오직 꽃꽂이 예술만이 가능하죠."

그쯤에서 '꽃이 아니잖아?'라는 눈빛이 싹 사라져버렸다.

"생각해 봐요. 꽃과 꽃끼리만 꽂는다는 것. 식상하기 짝이 없잖아요. 부동에 생명을 주는 것이 예술이라는 말은 오브제를 두고 한 말이라고 생각해도 됩니다."

문하생들의 눈이 반짝이기 시작했다.

"본래 있는 것을 그대로 흉내 낸다는 건 누구나 할 수 있겠죠. 문제는 새로움이죠. 뭐든지 새롭지 않고는 미래가 없으니까요."

말뜻을 알아차린 문하생들 얼굴에 자신감이 흘렀다.

"그런데 말이 안 된다? 자연스럽지 않다? 그래서는 예술이 예술다울 수 없어요. 그렇게 고정된 생각에 갇혔더라면 예술뿐만 아니라 인류가 오늘에 이르지 못했다는 말이기도 해요."

내친 김에 나는 초급자들의 고정관념을 깨 버리기로 작정했다.

특히 초급자들은 꽃꽂이라면 자연을 떠올리게 마련이었다. 가르치는 사람들도 대부분 그렇게 가르치고 있었다. 그런데 내가 존경하는 스승 류초희 선생님은 달랐다. 가장 먼저 고정관념을 깨는 것부터 가르쳤다. 자연과 예술의 거리를 멀리 떼 놓은 것이었다. 나도 류초희 선생님처럼 강의를 했다.

"꽃꽂이 작품에 있어 자연스럽다는 평을 듣는 것은 혹평이에요. 자연스럽다는 말은 자연에서 나왔고 그걸 모르는 사람은 없죠. 자연은 사람의 손을 거치지 않는 원성의 세계라는 것도 누구나 잘 알고 있고, 자연스러운 걸 미덕으로 알고 있기도 하죠. 그런데 자연도 파격을 원하고 있다는 걸 알아야 해요. 소나무 잎이 머리를 풀어헤치듯 아래로 쳐져 내리기도 하고(대왕소나무) 늪처럼 깔린 눈향나무처럼 땅에 닿을 정도로 눕기도(누운소나무) 한다는 것. 사과도 이젠 둥글기만을 거부하면서 점점 길쭉해지고 있다는 것. 석류도 붉기만 한 것을 이미 탈출하여 황금색으로 변했다는 것……."

나는 그런 식으로 파격을 강의했고 문하생들은 다른 때보다 더 관심 있게 들어 주었다.

그런데 수업을 마치고 원장실로 들어오는 도중, 벽에 걸린 대형 거울에 비친 내 얼굴을 발견하고는 깜짝 놀랐다. 얼굴은 마음의 거울이란 말을 또 한 번 실감했다. 내 얼굴은 전날과는 정반대로 변해 있었다. 류초희 선생님 말대로 여자 얼굴은 시시각각 달라지는 꽃 같은 것이었다. 기다림에 지친 내 얼굴엔 어제처럼 안개꽃 같은 미소도, 장미가 뿜어내는 뜨거운 향기도 없었다. 긴 속눈썹 속의 눈은 슬퍼 보일 뿐이었다. 보조개도 미소를 만들지 않았다. 도톰한 입술은 슬픔처럼 무거워 보였다. 머리도 부스스해 보였다. 얼굴 전체가 시든 장미 같았다. 장미는 다른 꽃과 달리 무척이나 물을 타는 까닭에 날마다 꽃 모가지까지 꽉 차도록 물을 채워 주어야 한다. 나도 모가지까지 물을 채워 주어야 하는 목마른 상태로 변해 있었다. 등 뒤에서 수군대는 소리가 들려왔다.

“원장 선생님 얼굴이 해쓱해 보이지 않아?”

“그래서인지 더 아름답던데. 여잔 해쓱할 때 더 예쁘거든.”

“원래 예쁜데 뭘.”

“아냐. 뭔가 초긴장 상태라니까.”

“맞아 오늘 완전히 미친 수업이었잖아.”

“멋진 수업이었지.”

"수업은 수업이구, 아무튼 심상치 않은 눈치야."

나는 등에 불화살을 맞는 기분이었다. 도망치듯 원장실로 돌아왔다. 모든 걸 들켜 버린 머쓱함을 주체하지 못한 채 책상에 털썩 주저앉았다. 이 양이 커피를 준비해 책상에 놓으면서 다음 오후 3시 수업시간에 사용할 재료를 내보이며 물백합이나 소나무가지가 별로라고 울상을 지었다. 평소 같았으면 펄쩍 뛸 내가 전혀 반응을 보이지 않자 이 양이 나를 빤히 쳐다봤다.

"왜? 이 양 눈에도 내가 이상한 것 같니?"

"뭐가요?"

나는 문하생들 대신 이 양에게 따지듯 그렇게 물었지만 이 양은 알아듣지 못한 채 눈만 깜빡거렸다. 이 양은 내 마음을 헤아리는 것보다는 엉뚱한 질문을 하는 내가 심상치 않다는 것을 직감한 듯했다. '또 어디론가 달아나듯 학원을 빠져나가면서 정 선생님에게 수업을 맡기면 안 돼요.'라는 표정으로 나를 바라보았다. 이 양의 그런 표정이 아니더라도 나는 석환 씨의 부탁대로 정말 어떻게든 오늘까지만 잘 견디면 된다는 각오를 하면서 책을 꺼냈다. 새로 나온 거라며 일본인 꽃꽂이 친구가 보내준 꽃꽂이 평론집이다.

책에는 5년 동안 세계전시회에서 입상한 작품들에 대한 평이 실려 있었다. 입상작품 가운데 가장 뛰어난 프랑스 작가 작품은 내가 선호하는 기법인 오브제인데 파격이 심하다. 조금 전 내가 강의했던 것과 똑같은 소재였다. 고철에다 철사를 꼬아 붙이고, 유리벽돌에다 판유리를 잘라 붙이고 판유리 끝에 바이올린 줄을 붙여 하늘로 날아오르듯 조화시켰다. 도대체 생명이라고는 단 한 가지도 사용하지 않았으면서도 생명에 대한 근원을 획득한 작품이었다. 소재의 딱딱함이 주는 강직함으로 절제와 인내를 상징하면서 생명의 존엄을 표현하려는 작가의 상상력이 역시 세계적 수준이었다. 평론가들은 가장 안정된 정형을 바탕으로 한 가장 뛰어난 표현주의 기법이라고 칭송했다. "기준을 무시한 파격은 예술의 경지에 정착하지 못한 채 헛뿌리 식물처럼 떠돌다 결국 말라죽게 된다."는 첫 문장을 시작으로 어떤 기법이든 가장 정형다운 정형에서 출발할 때 비로소 예술성을 획득할 수 있으며 예술혼이 존재하게 된다는 것이다. 평론에 공감이 갔다. 정형은 현실이며 뿌리인 까닭이다. 아무리 찬란한 이상도 현실이라는 뿌리 없이는 존재할 수 없기 때문이다.

나는 국제전에 참가한 경험이 있고 올해도 일본과 한국이 해마다 여는 한일친선교류전이 11월 말경에 열린다는 걸 기억한다. 지금 10월이 끝나가므로 꼭 한 달을 남겨 두고 있다. 내가 국제전까지 진출하게 된 건 류조희 선생님 덕택이고 선생님의 기대에 실망을 주어서는 안 된다는 것이 현재 나로선 중요한 과제이다.

"이번 친선교류전은 해마다 여는 그런 대회가 아닌 줄 잘 알고 있겠지? 세계적인 작가들이 주목하고 있잖아. 정말 이번에야말로 내 생애의 마지막 작품을 창작한다고 생각해. 미치도록 누군가를 그리워하듯이. 그리고 세계적인 작가들과 교유할 수 있는 아주 좋은 기회란 걸 알아 둬. 예술세계도 어쩔 수 없이 인맥이야. 실력이 인맥을 타면 금상첨화지."

선생님이 당부한 대로 이번 대회는 국제친선이란 의미도 의미려니와 세계적인 명성을 얻고 있는 일본 작가 마키 선생이 참여하기로 되어 있어 그의 작품을 보려고 유럽의 내로라하는 작가들이 대거 내한하기로 예정되어 있다. 선생님은 이런 기회에 세계적인 작가들 눈에 띄게 되면 세계 무대에 진출하는 데 있어 커다란 힘을 얻게 된다고 했다. 선생님은 큰 행사를 준비할 때마다 나를 살피는 마음이 눈물겨운데 당부 말 중에 꽃은 살아 있는 바로 '자신이'라고 인식할 것과 누군가를 미치도록 그리워하듯이 작품을 창작해야 한다고 가르쳤다. 일반사람들이 생각하듯이 하물며 꽃을 가지고 작품을 한다고 하는 사람들마저 장식쯤으로 꽃꽂이를 한다는 건 꽃에 대한 모독이라고 흥분할 때는 정말 꽃에 대한 경건한 마음이 우러났다.

꽃에 대한 태도는 그렇다 치고 그때까지만 해도 나는 석환 씨를 만나지 않았으므로 미치도록 누군가를 그리워하는 마음을 전혀 이해할 수 없었다. 본래 작품이란 어느 것이든 작가의 심상을 토해 낸 것이라는 것쯤이야 이론상 잘 알고 있었지만, 선생님의 그런 당부는 나와 너무 멀다고 생각했다. 언젠가 "선생님, 미치도록 그리워하는 대상이 없는 경우는 어떻게 해요? 전혀 실감이 나지 않는데요."라고 질문했다. 그러자 선생님은 나를 물끄러미 바라보더니 "좀 더 살아봐. 사랑이란 운명이구나!라는 말을 할 때가 있을지도 모르니까. 그리고 그런 기회가 찾아와 준다면 인간으로서 행복한 일이겠지."라고 했을 때 나는 여전히 이해할 수 없어 웃기만 했다. 이해하려고 애쓰지도 않았다. 그런데 운명이란 것과 그런 기회가 찾아와 준다면 인간으로서 행복한 일이라고 했던 말이 지금 나에게 내일까지 인내할 수 있는 힘을 주는 듯하다.

잠시 마음이 가라앉은 것 같은 상태에서 곧 시작될 오후 3시 수업을 의식했다. 이 양은 내가 차분하게 앉아 책을 보고 있는 것으로 알고 신기하다는 듯 가끔 나를 쳐다보았다. 그런 이 양의 표정은 말 잘 듣는 아이를 바라보는 엄마의 얼굴과 흡사했다. 나는 습관처럼 자꾸 벽시계를 쳐다보고 이 양은 수업재료를 강의실로 옮기느라 분주하게 오가더니 수반은 어떤 걸로 쓸 것인지를 물으러 내 앞에 섰다.

"돌 콤포트로 하지."

"그건 어제 했는데요?"

"나무로 된 것을 하든지."

"그건 3일 전에 사용했구요."

"그럼 이 양이 알아서 갖다 놔."

"제가 어떻게……."

마음이 가라앉은 것 같았지만 내 대답은 여전히 무성의했다. 이 양이 다시 불안한 표정을 지으며 진열장 깊숙이 들어 있는 푸른빛 도자기 수반을 꺼내려고 애쓰고 있었다. 나는 정말 무슨 수반을 쓸 것인지를 전혀 생각하지 못한 채 시계만 바라봤다. 오후 3시 수업보다는 그가 도착할 시간을 헤아렸다. 연기를 마신 것처럼 숨이 막혔다. 너무 답답하여 훅, 숨을 뱉어 내며 자리에서 일어났다가 털썩 주저앉기를 서너 번 반복했다. 의자가 제법 큰 소리를 냈다.

부산으로 도착해 다시 지사에 들렀다가 서울로 온다고 한 그의 말을 계산해 봤다. 오후 7시에 김해공항에 도착한다면 부산지사에는 그다음 날 오전에야 들를 것이었다. 그렇다면 부산에서 하룻밤을 자야 할 것이고, 빨라야 오후에 서울에 도착할 것이었다. 거기까지 생각하자 눈앞이 아득해졌다. 부지불식간에 "난 더 이상 못 참아"라는 말이 입 밖으로 터져 나왔다. 번개처럼 컴퓨터를 열고 부산행 비행기 좌석을 조회하여 D항공사 5시 10분발 비행기 표를 예약했다. 나를 지켜보던 이 양이 눈이 휘둥그레지면서 "원장 선생님, 무슨 일이세요?"라고 물었다. 나는 듣는 척도 하지 않은 채 시계를 보며 공항으로 갈 시간을 계산했다. 이 양은 아예 체념

한 얼굴로 입을 닫고 나를 물끄러미 바라보고 있었다. 부산으로 갈 준비를 하기 위해 집으로 가려고 빠른 걸음으로 출입문을 향해 걸었다.

"원장 선생님, 내일 수업도 정 선생님 시켜요?"

이 양은 벌써 내가 부산으로 간다는 것을 알고 물으면서도 대답을 기대하지 않았다. 물어볼 것도 없다는 표정이었다. 나는 미안한 생각이 들어 "이 양이 알아서 잘하잖아."라는 말을 남기고는 총알같이 학원을 벗어났다. 그리고 돌풍처럼 차고로 내려가다 말고 남편 가게로 발걸음을 옮겼다. 무슨 말인가 하고 가야 할 것이었다.

남편 사무실 앞에서 잠시 발걸음을 멈추었다. 부산에 가는 이유를 말해야 하고, 그것을 생각해 내는 데 5초도 걸리지 않았다. 한일친선전시회 때문에 갑자기 부산에서 세미나가 열린다고 말하기로 했다. 남편 가게 앞에서 걸음을 멈췄다. 선뜻 문을 열지 못한 채 유리창을 통해 가게 작업실을 바라보았다. 남편은 울긋불긋한 대형 리본에 글을 쓰고 있었다. 붓을 잡은 손은 침묵으로 몰두해 있지만 붓끝은 신들린 듯이 리본 위를 오르내리고 있었다. 먹을 찍기 위해 얼굴을 든 남편 얼굴이 너무 진지하여 나는 긴장감에 사로잡혔다. 남편은 나에 대해 다 알고 있으면서도 말없이 그냥 내버려 둔 채 자기 일만 하는 것처럼 보였다. 어떤 세계의 경지를 터득한 학자나 성현 같다는 생각이 들었다. 정말 무엇인가 거울을 들여다보듯 환히 알고 있으면서도 아무것도 모른 척 눈을 감고 있는 것만 같았다.

사실 남편은 붓을 잡을 때면 언제나 진지하기 짝이 없었다. 비록 화환에 매는 일회용 리본 글이지만 글을 쓰는 데 혼신을 바친 탓이었다. 남편의 글씨는 이미 강남 지하 꽃상가뿐만 아니라 전국 화훼협회까지 정평이 나 있다. 꽃을 배달 받은 사람들마다, 특히 사회적 지위나 학문이 높을수록 남편이 쓴 글씨를 알아보고 감탄을 금치 못했다. 일부러 격려 전화를 주는 경우도 있었는데 거기에는 유명한 언론사 사장, 재벌 총수, 대학 총장도 있었다. 그분들은 남편이 쓴 글씨가 좋아 리본 글을 따로 보관한다고 했다. 글씨로 대성할 수 있는 실력인데 꽃시장에서 리본 글이나 쓰고 있기에는 아깝다고 안타까워하면서 국선에 나가 보라고 권했다. 직접 찾아와 휘호나 가훈, 책 제호를 부탁한 일만 해도 일 년에 수십 건이었다. 그런데 남편은 국선에 나갈 생각이 없다고 했다. 그런 것에 목적을 두고 글을 쓰게 되면 글을 쓰는 자유를 잃게 되어 글을 버린다는 고집이었다. 구속이 싫다는 것이다. 나는 남편의 고집이 때론 답답하기도 하지만 고귀한 예술정신이라는 것을 인정한다.

남편은 막 글쓰기를 마치고 붓을 든 채 길게 심호흡을 끌어냈다. 얼굴에는 작품에 대한 만족감이 흘렀다. 만족감은 엷은 미소를 동반했다. 정말 득도한 사람처럼 보였다. 득도

한 사람들이 세상의 하찮은 것을 비웃듯이 남편의 미소는 무엇인가를 비웃는 것 같기도 했다. 남편은 다시 얼굴에서 미소를 거두고 마음을 가다듬으며 붓에 먹을 적셨다. 직원이 리본을 가지러 들어가다 말고 나를 발견하고는 "들어가세요. 사모님"이라고 독촉했다. 직원의 말은 남편이 충분히 들을 수 있는 거린데도 꼼짝하지 않고 리본에 붓을 대고 있었다. 붓을 쥐고 있는 한 나도 말을 붙일 수가 없었다. 말할 기회를 좀처럼 얻지 못할 것 같아 망설이고 있는데 직원이 리본을 비닐가방에 담아 내오면서 다시 "사모님 왜 안 들어가세요."라고 하며 서둘러 제작실로 들어갔다. 그래도 남편은 꼼짝하지 않았다.

직원이 들락날락하는 바쁜 몸짓을 보며 시간을 의식했다. 더 이상 시간을 지체할 수 없어 급히 집으로 돌아와 준비를 서둘렀다. 여행용 가방에 아직 한 번도 입지 않은 잠옷을 넣고, 화장품과 세면도구를 넣고 간편한 면바지와 점퍼를 한 벌 더 넣었다. 그리고 그와 첫날밤을 치른 실크원피스를 입었다. 날아갈 것 같은 기분으로 거실 탁자 위에 '한일친선교류전시회 때문에 부산에 갑니다.'라고 쓴 메모지를 놓고 집을 나섰다.

길을 잃다

예정대로 5시 10분 비행기가 부산을 향해 날아올랐다. 창밖으로 높고 푸른 가을 하늘이 펼쳐졌다. 햇솜 같은 흰 구름이 사뿐 뛰어내리고 싶도록 신비로웠다. 구름 속에서 태양이 빛살을 쏘았다. 빛살은 구름 속에 자주 숨었다 나왔다 반복했다. 숨바꼭질을 한 것 같았다. 숨바꼭질은 재미있는 놀이만은 아니었다. 술래는 외로웠다. 숨은 자를 찾지 못하면 아득하고 고독했다. 석환 씨와 나도 지금 숨바꼭질을 하고 있는 것만 같았다. 내가 술래 같았다. 초등학교 일학년 때였던가, 술래가 된 적이 있었다. 숨은 아이들을 찾지 못한 채 해가 지고 말았다. 해가 지고 어둑해지자 아이들이 다 집으로 돌아가 버린 것도 모른 채, 꼭 찾아야 한다는 생각으로 놀이터를 돌았다. 끝내 아무도 찾지 못한 채 혼자 어두워진 놀이터를 빙빙 돌고 있는데 엄마가 나를 찾아 나섰다. 엄마 품에 안겨 울음이 터지고 말았다.

문득 지금도 술래가 되어 석환 씨를 찾아 부산으로 내려가고 있는 것 같았다. 날이 어두워지자 집으로 돌아가 버린 아이들처럼 석환 씨도 내가 찾지 못할 무슨 일이 생길지도 모른다는 우려가 엄습했다. 혼란이 일기 시작했다. 다시 나쁜 상상이 쳐들어왔다. 혹시 일본에서 뜬 비행기가 갑자기 기체결함이 생겨 회항하는 것은 아닌지, 비행기에 테러집단이 타지나 않았는지, 또다시 귀국날짜가 연기되었는데도 더 이상 나에게 그런 말을 할 수 없어 전화를 하지 못한 건 아닌지 등등 줄지어 나쁜 상상이 밀려들었다. 귀국이 두 번이나 연기되었고, 인천에서 부산으로 공항이 변경되었고, 부산으로 와서 지사에 들려야 하는 일들을 생각해 보면, 지금 내가 부산으로 내려가는 동안에도 무슨 일이 일어나지 말라는 법은 없었다.

창밖에서는 계속해서 햇살이 구름 속에 숨었다 나오기를 반복하고 있었다. 창문 가리개를 내리고 신문을 뒤적거렸다. '입이 딱!'이라는 제목에 끌려 해외소식을 다룬 D신문 A13면에 눈길을 맞추었다. '뉴욕 맨해튼 초호화 아파트 입이 딱!'이란 타이틀답게 평균 170평 아파트 144채가 있는데 센트럴파크가 보이는 쪽은 우리나라 돈으로 환산하면 640

억 원이고 입주민에게는 리무진과 헬기를 선물한다는 내용이었다. 정말 입이 딱! 벌어지긴 하지만 내 관심을 끄는 이야기는 못되었다. 정작 내 시선을 집중시킨 것은 아래쪽에 '사랑에 목숨 건 휘아새 부활했나?'란 기사였다. 나는 반가움에 눈을 크게 떴다. 어느 날 석환 씨는 휘아새 이야기를 해 주었고 나는 마치 사람의 이야기인 것처럼 감명 깊게 들었기 때문이다.

"휘아새의 사랑 이야기 알아?"

"처음 들어요."

"뉴질랜드에만 있었던 샌데 짝이 죽으면 슬픔에 잠겨 곧 죽고 말았대. 지금은 멸종 상태지."

"새가 사랑 때문에 죽는다구요?"

"휘아새는 인간처럼 노동의 성적분화를 이루는데, 수컷이 쭉 뻗은 튼튼한 부리로 고목을 쪼아 벌레집을 노출시켜 주면 암컷은 길게 휘어진 부리로 구석구석 뒤져서 벌레를 꺼낸다는 거야."

"그럼 먹고사는 문제 때문이잖아요."

"조류학자들 말로는 항상 같은 장소에서 함께 작업을 하면서 살아간 탓에 한 쪽이 떠나 버리면 상실감을 감당할 수 없어 죽어 버린대. 그래서 조류학자들은 사랑에 목숨 건 새라고 한다더군."

그날 나는 '우리도 그런 사랑할 수 없을까요.'라는 말을 속으로만 읊조렸던 걸 기억하며 신문을 읽었다. 기사는 벌써 1907년에 사라진 휘아새 한 쌍이 나타나 뉴질랜드 조류학자들뿐만 아니라 세계의 조류학자들이 흥분 상태라고 했다. 학자들은 너나없이 이 문제에 초미의 관심을 기울이고 있는데 어떤 학자들은 휘아새가 아닐 수도 있다는 주장을 하고, 뉴질랜드 학자들은 휘아새가 틀림없다고 자신하지만 그것이 휘아새이길 바라는 마음은 모두 똑같다는 것이었다. 나 역시 그것이 꼭 휘아새이길 빌며 신문을 접을 무렵 비행기가 김해공항에 착륙했다.

낙동강 하구답게 사방에서 갈숲 바람이 불어왔다. 불어오는 바람을 마시며 청사로 들어와 시계를 보았다. 시간이 1시간 이상 남아 있었다. 다시 국제선 청사로 가야 했고 국제선 청사는 차로 5분 거리에 있었다. 시간은 넉넉했다. 커피코너로 갔다. 커피를 주문했다. 커다란 테이크아웃 종이컵을 가득 채운 뜨거운 커피가 내 앞에 놓여졌다. 그걸 다 마신 다음 천천히 일어나도 시간은 충분할 것이었다. 그럼에도 자꾸 마음이 조급해지기 시작했다. 남편이 그랬던 것처럼 입술을 동그랗게 오므리고 뜨거운 커피를 마시려고 애써보았지만 입을 댈 엄두가 나지 않았다. 뜨거운 커피가 가득 채워진 대형 머그잔에 좀처럼 입술을 대지 못하는 남편 속을 알 만했다. 조급증이 일어 커피 마시는 걸 그만두었다.

자리에서 일어나 국제선 청사로 일찌감치 가기로 마음먹

었다. 청사 밖으로 나가 택시를 타야 하고, 앞으로 한 시간 후면 그를 만난다는 설렘에 들떠 사뿐사뿐 걷기 시작했다. 내 몸은 새처럼 날 것만 같고, 반짝거리는 대리석 위를 걷는 구두 발자국 소리가 음악처럼 경쾌하게 울려 퍼졌다. 거울 같은 대리석과 내 구두가 잘 어울린다는 생각을 하자 걸음 연습을 하느라 애를 먹었던 일이 떠올랐다. 이젠 누가 봐도 나는 세련된 걸음을 걷고 있었다. 오가는 사람들이 나를 힐끔힐끔 쳐다보며 지나가기도 했다. 나는 각선미를 자랑하듯 더 자신만만하게 걸으며 부산으로 내려오길 참 잘했다고 생각했다.

가을이라 여행객들로 공항이 몹시 붐비고 나는 수많은 사람들 사이를 이리저리 통과하기 시작했다. 내 앞으로 다가온 한 떼의 사람들을 비켜 갈 무렵 누군가 내 어깨를 툭 친 듯했다. 그럴 수 있을 것이었다. 사람이 북적대는 곳에서 툭 치는 것쯤이야 얼마든지 있을 수 있었다. 그런데 누군가 분명히 내 왼쪽 어깨 날개 뼈를 쳤고 나는 경련을 일으킬 정도로 놀라면서도 차마 걸음을 멈추지 못했다. 순간 "석환 씨?" 하는 생각이 들었다. 그가 또 어떤 이변으로 예정보다 일찍 도착했고, 무슨 일인가로 국내선 청사로 왔다가 나를 발견한 것이 틀림없다는 생각이 스쳤다. 분명히 그럴 것이었다. 그렇지만 내가 어떻게 선뜻 뒤돌아볼 수 있겠는가. 어떻게 그렇게 쉽게 정말 그동안 전혀 아무렇지도 않았다는 듯이 화들짝 뒤돌아서서는 "어머 도착 시간이 또 변경됐군요?"라고 맞이할 수 있겠는가. 그럴 수는 없었다. 모른 척하며 그대로 걸었다.

나는 고개를 돌리지 않은 채 귀국이 예정보다 두 번이나 미뤄졌듯이 예정보다 앞당겨질 수도 있는 일이라고 생각하자 더욱 뒤돌아볼 수가 없었다. 대신 그가 내 앞에 정면으로 나타나기를 기다렸다. 은근히 나도 애를 먹여야겠다는 생각이 들었다. 정말 내가 애간장이 탄 만큼 석환 씨도 당해 봐야 한다는 모진 마음으로 더 빨리 걸었다. 걸으면서 언젠가 류초희 선생님께서 살다 보면 '이건 운명이야.'라고 탄식할 수 있는 그런 사랑을 하게 될지도 모른다고 했던 말을 떠올리며 이건 운명이라고 생각했다. 그렇지 않고서야 어떻게 부산 김해공항 국내선 청사에서 국제선 청사로 가는 길에 그를 만날 수 있겠는가.

정말 아무것도 모른 채 앞만 보고 걸어가는 것 같은 나를 향해 그가 다급하게 내 이름을 부르며 허겁지겁 뛰어와 내 앞을 가로막아 서리라 기대했다. 꼭 그러리라 믿으며 몸을 더 빨리 움직였고 예민하게 귀를 세웠다. 수많은 발자국 소리와 여기저기서 만나고 헤어지면서 내는 갖가지 말을 뚫고 정말 내 이름을 부르는 소리가 들려왔다.

"승연 씨!"

목소리는 여자의 것이었다. "승연 씨 맞죠?"라는 말과 함께 석환 씨 대신 전업주부여자가 활짝 웃으며 내 앞에 성큼 나타났다. 나는 석고상처럼 그 자리에 우뚝 멈추고 말았다. 불시에 산 하나가 무너져 내 앞을 가로막아 버린 것 같았다. 석환 씨가 두 번째로 귀국 날짜가 연기되었다는 소식을 전해 줄 때보다 더 큰 절망을 주체할 수가 없었다. 그렇더라도 어서 입을 열어 그녀에게 뜻밖에 이런 곳에서 만날 줄 몰랐다는 반가운 말과 몸짓을 보여 주어야 할 것이었다. 그녀 몰래 숨통을 트며 반가운 얼굴을 만들기 위해 안간힘을 썼다. 나는 전혀 마음에 없는 반가움을 토해냈다.

"이게 누구예요!"

"근데 승연 씨, 내가 어깨를 쳤는데도 왜 그냥 가는 거예요? 마치 달아나듯이."

"너무 복잡해서 그냥 옆 사람과 부딪친 줄 알았죠. 그건 그렇고 세진 씨도 나랑 같은 비행기를 탔단 말예요?"

"그랬나 봐요. 그럴 줄 알았으면 오늘 아침 헬스장에서 물어볼 걸 그랬죠?"

"아니에요. 나는 오늘 아침까지만 해도 계획에 없었거든요. 갑자기 오게 된 거예요."

"어머, 나도 마찬가지예요."

"세진 씨를 이런 데서 만나다니, 우연도 대단한 우연이에요."

"우리 고추친구가 맞긴 맞나 봐요. 이런 극적인 우연, 아무에게나 일어나지 않는다구요."

"맞아요. 아무에게나 일어나지 않겠죠."

마음을 수습하고 나자 정말로 반가웠다. 그녀 말대로 고추친구라는 말이 비로소 실감이 났다. 헬스 샤워장에서 언제나 뚝 떨어져 있던 그녀와의 거리가 바짝 당겨지면서 가정선생여자 못지않은 오래된 친구로 느껴지기도 했다.

반가움의 농도는 전업주부여자가 나보다 수십 배 더했다. 김포도 아닌 김해공항에서 뜻밖에 만난 것을 믿을 수 없다는 듯이 "정말 꽃꽂이 작가 승연 씨 맞아?" 하고 내 얼굴을 거듭 들여다보며 기뻐했다. 역시 그녀는 풍만하고 푸근한 인상대로 따뜻하고 순수한 사람이었다.

그녀는 내 팔을 꼭 붙잡고 택시 승강장을 향해 가는 나를 따라 걸었다. 줄줄이 늘어선 택시가 있는 곳에 거의 왔을 때에야 그녀는 나에게 부산에 무슨 일로 왔느냐고 물었다. 그때 택시가 내 앞에 섰고 나는 남편에게 메모를 남긴 것처럼 세미나 때문에 왔다고 말하려다 그녀에게까지 굳이 거짓말을 할 필요가 없다는 생각에 국제선 청사로 빨리 가 봐야 한다고 말했다.

"어머, 정말이에요? 참 잘됐네. 우리 함께 타고 가요."

"그럼 세진 씨도 국제선 청사로 간단 말예요?"

내가 소리치듯 그렇게 묻는 동안 전업주부여자는 벌써 택시 안으로 허리를 굽혀 들어가고 있었다. 뜻밖에 국제선 청사로 같이 가야 하는 그녀가 달갑지 않아 머뭇거렸다. 그런 나를 향해 택시기사가 "탈라믄 퍼뜩 타이소!"라고 재촉했다. 나는 어쩔 수 없이 그녀 옆자리에 앉았다. 조금 전에 반가웠던 마음이 싹 사라지고 말았다. 그녀는 전혀 내 기분을 눈치채지 못한 채 택시를 타고 겨우 5분 정도 가는 짧은 시간에도 내 손을 꼭 잡고 말을 쉬지 않았다.

"멀리 해외에 나갈 차림 같지는 않은데 도대체 어딜 가세요? 승연 씨."

"어딜 가는 게 아니구요. 마중 가는 거예요. 일본에서 누가 오기로 돼 있어서요."

"맞아요. 승연 씨는 일본에 꽃꽂이 작가 친구들이 있다고 했죠. 그 사람들이 오는 모양이죠?"

"아, 그래요."

나는 건성으로 짧게 대답을 하고 그녀는 여전히 흥분된 기분으로 이야기를 계속했다.

"참 멋있는 사람들일 것 같아요. 꽃 예술을 하는 사람들은 모두 미인들이죠? 승연 씨처럼."

"글쎄요."

"모두 여자들이잖아요?"

"요즈음엔 남자 작가들도 많아요. 독일, 프랑스, 일본 같은 나라에는요."

"우리나라는 남자 작가가 없나 보죠?"

“우리나라에도 있긴 있는데 소수죠.”

“뭐든지 우리나라는 좋은 건 느리다니까. 세금 안 내기, 술, 담배, 교통사고, 자살률은 세계에서 제일이라던데.”

택시가 국제선 청사 앞에 설 때까지도 그녀는 말을 쉬지 않았다. 택시에서 내리면서 나는 이제부터 전업주부여자와 어떻게 떨어져야 하는지에 대해 골몰하기 시작했다. 그녀는 다시 내 곁에 찰싹 따라붙으면서 몇 시 비행기냐고 물었다. 나는 이번에도 둘러댈 필요가 없으므로 사실대로 “7시 도착이에요”라고 대답했다.

“어머, 어쩜 이렇게 척척 들어맞죠! 나도 일본에서 오는 7시 비행긴데.”

전업주부여자는 척척 들어맞는 것이 재미있고 신기해서 못 견디겠다는 듯이 손뼉을 치며 좋아했다. 그녀는 갈수록 재미있어 하고 나는 갈수록 걱정이 더해 갔다. 이대로 가다가는 석환 씨를 마중할 때까지도 내 곁에서 도무지 떨어질 것 같지 않았다. 전업주부여자가 얄밉기 시작했다. 오늘 아침 헬스장에서 승연 씨는 애인 있죠? 라고 했던 말이 생생하게 떠올랐다. 만약에 전업주부여자가 내가 석환 씨를 만나는 걸 보게 된다면 “그것 보라구. 얼굴에 또렷이 쓰여 있더라니까.”라며 손뼉을 칠 것이고 가정선생여자에게 자기의 직감을 과시할 것이 뻔했다.

“승연 씨 덕분에 오늘 꽃꽃이 작가들 보게 생겼네요. 그것도 일본 작가들을, 인사시켜 줄 거죠? 어떤 사람들인지 궁금해요."

"그러죠."

갈수록 태산이었다. 나는 어떻게 하면 전업주부여자를 따돌릴 수 있을까? 고민하며 넓은 로비를 둘러보았다. 화장실에 간다는 핑계를 대고 빠져나갈까 생각했지만 화장실까지도 같이 가겠다고 나설 것이 틀림없어 그만두기로 했다. 신혼여행 팀들이 떼로 몰려와 신랑 헹가래를 치느라 시끌벅적한 쪽을 바라보며 저 속으로 슬쩍 숨어 버릴까 하는 생각도 들었다. 그렇지만 고추친구라며 나를 반기는 사람에게 도리가 아닐 것이었다.

그런데 비행기 도착시간이 똑같은 것이 다행일 수도 있었다. 만약 비행기 도착시간이 내가 먼저이고 전업주부여자가 나중이라면 내가 누굴 마중하는지 자세히 알 수 있을 것이고 내가 나중이라면 전업주부여자의 성격상 꽃꽂이 작가들을 보겠다고 기다릴 것이었다. 비행기 도착시간이 거의 임박해지자 마음이 더욱 어수선한데 전업주부여자가 이제 10분 남았다며 긴장된 목소리로 말했다. 비행기 도착시간이 임박해지자 출구 앞으로 마중객들이 모여들었다. 전업주부여자는 비로소 말이 없어졌다. 6시 30분에 도착한 사람들이 나오고 있었다. 그들을 바라보던 전업주부여자가 느닷없이 내 팔을 흔들며 긴급 소식을 전해 주는 사람처럼 급하게 입을 열었다.

"우리 애들 아빠는 내가 마중 나올 줄 꿈에도 모르거든요. 아빠 몰래 회사에 연락해 보고 알아낸 거니까요. 흐흠, 깜짝 놀라겠죠?"

그녀는 남편을 깜짝 놀라게 해 주려는 귀여운 악동 같은 표정으로 나를 바라보며 웃었다. 나는 그때서야 그녀에게 누굴 마중 나왔느냐고 묻지 않았다는 것을 알았다. 오늘 오전 헬스장에서 "오늘 밤 남편을 위해 몸을 다듬고 있다"는 그녀의 말도 함께 떠올랐다.

전업주부여자가 시계를 뚫어져라 바라보며 "이번엔 우리 차례예요. 7시 5분이거든요."라고 큰 소리로 말했다. 그녀 말대로 사람들이 띄엄띄엄 나오기 시작했다. 전업주부여자는 비로소 내 손을 놓고 한 걸음 앞으로 나갔다. 나는 그녀와 적당한 거리를 유지할 좋은 기회라고 생각하며 한 발 뒤로 물러섰다. 그러자 승연 씨, 이리 와요, 라고 하면서 나를 잡아당겼다. 나는 하는 수 없이 다시 그녀와 나란히 서게 됐고 그때 7시 비행기에서 내린 사람들이 떼로 몰려나오기 시작했다. 나는 재빠르게 눈으로 사람들을 하나하나 헤집기 시작했다. 곧이어 독수리가 높은 공중에서 정확하게 먹이를 포착해 내듯이 네이비색 트렌치코트를 입은 그가 사람들 중간쯤에서 걸어 나오는 걸 발견했다. 그는 마중객 쪽으로는 전혀 눈을 돌리지 않고 차분하고 여유 있게 앞만 보고 걷고 있었다. 언제 봐도 당당한 그가 마음에 쏙 들었다.

나는 "이 순간을 얼마나 기다렸던가!"라고 탄식하며 눈으로 그를 놓치지 않으려고 애썼다. 당장 뛰어가 와락 안기지는 못할지라도 거울을 보며 찾아낸 최고의 표정으로 미소를 가득 머금은 채 그를 맞고 싶은데 옆에서 전업주부여자가 빤히 바라보고 있었다. 그보다도 전업주부여자 남편이 석환 씨보다 제발 빨리 나와 그녀를 달고 사라져 주기만을 바랐다. 박동이 빨라진 가슴을 손으로 누르며 그가 대합실 중간쯤 나올 때까지 기다리기로 했다. 전업주부여자를 피하는 방법이기도 했지만 남편 모르게 마중을 나왔다는 전업주부여자처럼 그를 깜짝 놀라게 해 주고 싶은 생각이 들기도 했다.

"승연 씨도 일본인 친구가 아직 안 나온 건가요? 이상하네. 우리 애들 아빠도 아직 안 보여요. 사람들이 꽤 나온 듯한데……."

전업주부여자가 답답한 표정으로 두리번거리며 말했다. 나도 그녀처럼 여기저기를 두리번거리며 나오겠죠 뭐, 라고 건성으로 대답하고는 눈으로 열심히 그를 좇았다. 그러다가 전업주부여자가 잔뜩 긴장된 표정으로 사람들을 헤집으며 남편을 찾는 틈을 타 그녀 곁에서 용케 빠져나왔다.

나는 계속 전업주부여자 눈치를 살피며 석환 씨가 어서 대합실 중간쯤 많은 인파 속으로 들어가길 기다렸다. 나와 떨어진 전업주부여자도 남편을 찾는 데만 몰두했다. 그리고 잠시 후에 몸을 돌려 한 바퀴 빙그르 돌더니 "아! 저기다." 하면서 날듯이 뛰어갔다. 내 눈길이 그녀 뒤를 쫓았다. 전업주부여자가 사람들 사이에서 누군가의 팔을 붙잡고 팔짝팔짝 뛰고 있었다. 전업주부여자를 내버려 두고 사람들 사이에서 석환 씨를 찾았다. 뚱뚱한 전업주부여자 옆으로 석환 씨가 보였다. 전업주부여자가 석환 씨 허리를 휘감으며 아이처럼 좋아하고 있었다. 석환 씨 역시 한쪽 팔로 그녀의 허리를 끌어안으며 어떻게 여기까지 나올 생각을 했느냐고 묻는 것 같았다. 전업주부여자가 애교스럽게 웃고 있었다. 그러다가 그녀는 깜빡 잊었다는 듯이 두리번거리며 나를 찾고 있었다.

나는 현기증을 느낄 겨를도 없이 빠른 걸음으로 왁자한 신혼여행 팀 속으로 몸을 숨겼다. 숨은 채 그들을 자세히 보려고 애썼다. 그는 자기 아내에게 어서 나가자고 잡아끌고 그녀는 계속해서 나를 찾는 중이었다. 그에게 이끌려 걸어가면서도 그녀는 한 번 더 뒤돌아보았고 그런 그녀를 석환 씨가 잡아끌었다. 나는 숨을 멈춘 채 석환 씨의 행동에 주목했다. 그는 아무리 생각해도 아내가 김해공항까지 마중 나와 준 게 뜻밖이라는 듯 아내의 뚱뚱한 허리에 두른 팔을 흔들어 보기도 하고 그녀 얼굴에 자기 얼굴을 갖다 대고 비벼 보기도 했다. 그녀는 행복에 겨워 기쁨을 주체하지 못하고 있었다. 키스만 곁들이면 그건 바로 나에게 했던 애정표현이었다. 가정선생여자가 인정한 대로 그는 아내에게 멋진 남자였고 세진 씨가 자랑한 대로 세진 씨의 멋진 남편이었다. 나는 숨어서 그런 모습을 하나도 놓쳐서는 안 될 것처럼 빠짐없이 지켜보면서 누군가 나에게 무척 잔인한 짓을 하고 있다는 분노가 일었다. 그건 다름 아닌 석환 씨가 일부러 만든 일이라는 억지가 솟구쳐 올랐다. 목울대가 뻣뻣해졌다.

그들이 청사 밖으로 완전히 사라져 버린 다음 시간이 얼마나 지났을까. 이상한 꿈에서 막 깨어난 듯했다. 어릴 때 꿈속에서 엄마와 어딘가를 갔다가 엄마를 잃고 울다 깨어났었다. 그리고 깨어나서도 한참 동안 정신을 차리지 못한 채 겁을 내자, 엄마가 꼭 끌어안고 달래 주었다. 누군가 나를 그때 엄마처럼 꼭 안고 달래 주었으면 하는 심정으로 주위를 둘러봤다. 수많은 사람들이 오고 갔다. 모두 딴 세상의 유령들 같았다. 말과 말이 엉키고 부서져 무슨 말인지 알아들을 수 없었다. 유령들의 웅얼거림 같았다.

나와 아무 상관없는 낯선 곳에서 섬처럼 서 있는 나를 발견한 건 한참 후였다. 어서 국내선 청사로 나가 서울로 돌아가리라 마음먹으며 걸음을 옮겼다. 반짝이는 대리석을 걷는 내 구두 발자국 소리가 이번에도 대합실 로비에 가득 울려 퍼졌다. 아까처럼 경쾌하지 않았다. 천 근 무게를 끄는 수레

바퀴가 비포장도로를 구르는 것처럼 무겁고 둔탁했다. 국내선 청사로 갔지만 마지막 비행기까지 좌석이 없었다. 나는 점점 기울어져 가는 몸과 마음을 어딘가에 어서 의지해야 한다는 생각으로 대기 중인 해운대행 리무진버스에 올랐다.

이미 밤이 시작되었고 리무진버스는 차량과 불빛으로 가득 찬 낯선 도시를 달리기 시작했다. 나는 지뢰를 밟고 있는 것처럼 떨리는 몸과 마음으로 막연하게 눈을 감았다. 버스는 밤길을 한없이 가고 있었다. 다시는 돌아오지 못할 곳으로 가는 듯했다. 어느 틈엔가 내 머릿속에서는 이 유치한 삼류 드라마 같은 우연이란 사건이 일어나지 않았더라면 지금쯤 석환 씨와 나는 차를 타고 어디론가 달려가고 있을 것이란 상상과 그들 부부의 감격스러운 상봉 장면이 서로 싸우기 시작했다. 싸움은 막상막하로 치열하게 전개되었다. 극적인 삼류 드라마일수록 얼마나 예기치 못한 반전을 펼쳐 보이던가, 라는 생각과 함께 김석환 씨는 어차피 어떤 여자의 남편임에 틀림없다는 사실과 그의 아내가 전업주부여자이든 가정선생여자이든 놀랄 일이 아니라는 걸 인정하려고 애썼다.

인정하려고 애썼지만 지극히 이성적인 그런 생각은 내 머릿속과 가슴속에서 싸우고 있는 싸움을 말리지 못했다. 기사가 해운대 L호텔이며 '회차지'라고 방송하는 소리가 들려왔다. 내리고 싶지 않았지만, 사람들이 모두 일어서고 나도 하는 수 없이 몸을 일으켜 세웠다. 차에서 내리자 길 건너편에 곧바로 바다가 펼쳐져 있었다. 바다를 향해 성큼성큼 걸어갔다. 밤바다는 이미 시커먼 먹빛으로 변해 있고 파도 소리가 컸다. 파도소리를 따라 긴 모래밭을 걷기 시작했다. 파도가 칠 때마다 날아든 물기와 갯내가 얼굴과 온몸에 달라붙었다. 얼굴에서 눈물처럼 그것들이 흘러내렸다. 모래밭 끝에서 끝까지 걷기를 왕복하고 다시 한 번 더 걸어갈 때쯤에야 사람들이 보였다. 수많은 사람들이 바닷가를 걷고 있었다. 둘씩 짝을 지은 커플이 대부분이었다. 밤늦도록 긴 모래밭을 왕복하고 다시 한 번 더 걷기를 하는 마흔세 살 여자의 허탈과 공허가 겉으로 솔솔 새어나온 모양이었다. 수많은 사람 중에 나를 발견한 어떤 남자가 "아지매요, 분위기 존데 가서 한잔 안 할래요? 마 외로운 사람끼리 한잔하면서 다 잊어버린기라요."라고 하면서 가까이 따라붙었다. 금세 손을 덥석 잡을 것 같았지만 그를 두려워하지 않은 채 계속 앞만 보고 걸었다.

"그러지 말고 오늘 밤 내랑 인생을 논해 보는 기라요. 밤새 둘이서 배신 때린 연놈들 노가리 찢듯 쫄쫄 찢어 보자고요."

나는 반응하지 않고 남자는 긴 모래밭을 계속 따라오면서 보챘다.

"별 사람 있는 줄 알아요. 사람은 종잇장 한 장 차인기라. 대통령이나 나나 인간은 거기서 거긴 기라."

남자는 간절했다.

"죽어도 죽지 않을 것 같던 김일성, 김정일 쌔끼들도 죽었고, 잡스라는 무시무시한 부자도 죽었고, 대통령까지 한 사람도 콱 죽어 뿌렀고, 쓰나미에 일본 확 뒤집어진 것 보라고. 세상이 막 뒤집어진 기라. 세상이 망할 징조가 아홉 가지라고 하는데 그중 한 가지만 터져도 우리 같은 것들, 일초에 사라지고 만다고. 그라이 한시라도 즐겁게 살고 볼 일 아이가."

남자도 어제 신문에 나온 종말론 기사를 읽은 모양이었다. 남자의 말은 다 맞는 말이었다. 나는 남자를 비웃지도 무시하지도 않은 채 그냥 앞만 보고 걸었다.

"쳇, 영계도 아닌 것이 튕기기는!"

남자는 결국 내 등 뒤에 침을 퉤, 뱉고는 어디론가 사라져 버리고 말았다.

아예 구두를 벗어 가방에 넣고 파도에게 발을 고스란히 내주었다. 파도는 장난칠 대상을 만난 듯 자꾸만 달려와 내 발을 쓸어 보고 내려갔다가 다시 달려왔다. 원피스 자락을 들어 올리며 몇 걸음 더 안으로 들어갔다. 파도는 종아리까지 쳐들어왔다. 그를 위해 입고 온 실크원피스가 바닷물에 점점 젖어 들었다. 용도를 잃어버린 실크원피스는 무용지물처럼 보잘것없이 변해 버리고 말았다. 파도에 발을 맡긴 채 걸음을 멈추고 모래사장 저 끝으로 화려한 불빛을 자랑하는 호텔들을 바라보았다. 바로 오늘 아침, 오늘 밤 남편을 위해 몸을 다듬고 있다는 전업주부여자의 말이 생생하게 들려오면서 풍만한 그녀 알몸이 고스란히 떠올랐다.

그녀의 알몸과 함께 막무가내로 내 감정은 고삐가 풀리기 시작했다. 어제 아침에도 오늘 아침에도 그녀와 함께 샤워를 하면서 몸을 이야기했고, 거의 일 년 동안 적어도 일주일에 세 번씩이나 그녀가 내 알몸을 보아 왔듯이 나 또한 그녀 알몸을 보아 왔고, 그녀가 내 몸매를 부러워하며 관찰했듯이 나 역시 그녀의 살집 깊은 몸을 구석구석 훔쳐보아 온 것이 영상처럼 지나가기 시작했다. 거기다 미친 듯이 꼬리를 물고 파고드는 김석환의 몸, 배꼽이 무척 예쁘게 생겼다는 것과 몸이 비교적 근육질이란 것, 가슴에 늪처럼 깔려 있는 털이 낱낱이 그려졌다. 그리고 내가 그 늪 같은 가슴 털을 쓸어내리며 황홀함에 취했듯이 그녀도 지금 윤기 흐르는 그의 가슴 털을 곱게 쓸어내리며 황홀해 할 것이었다.

나는 호텔 불빛에서 눈길을 떼며 이거야말로 삼류 드라마 같은 상상이라고 나를 비웃었다. "가정과 연애도 구분할 줄 모르면서 함부로 나서기는"이라고 했던 민정이의 책망을 이용해 지금이라도 빨리 가정과 연애를 구분하려고 애썼다. 서둘러 다른 것으로 신경을 옮겨야 한다고 생각하며 넓은 모래밭을 둘러보았다. 아코디언 소리가 들려왔다. 이미자의 '해운대 엘레지' 노래비 옆에서 60대로 보이는 남자가 아코디언을 켜고 역시 60대로 보이는 남자가 '해운대 엘레지'를 부르고 있었다. 노래와 반주가 따로 놀았지만 사람들은 무척 재미있어 했다. 노래가 끝나자 사람들이 박수를 쳤다. 나도 따라서 박수를 쳐 주었다. 내 박수 소리가 제일 크게 들려왔다. 힘껏 박수를 치고 나자 속이 조금 후련했다. 그런데 아코디언 연주자가 그만 짐을 싸 들고 귀가를 서둘렀다. 할아버지 가수도 돌아가 버리고 말았다.

모래밭 저편에서 젊은 남녀들이 폭죽을 터트리며 불꽃놀이를 하고 있었다. 멍하게 불꽃을 바라보자 폭죽장수 여자가 잽싸게 다가와 다섯 번 터뜨리는 묶음이 3천 원인데 집에 가야 하니 2천 원에 떨이를 하겠다면서 아예 맡겨 버렸다. 나는 당연히 사야 하는 것처럼 폭죽을 샀다. 한 방을 터트렸다. 밤하늘로 날아간 불꽃은 곧 흔적 없이 사라져 버리고 말았다. 허무하기 짝이 없었다. 그와의 만남도 불꽃처럼 사라지고 말 것 같은 생각이 들었다. 더 이상 터트리고 싶지 않았다. 여기저기서 젊은 커플들이 폭죽을 터트리며 합창으로 환호성을 지르고 있었다. 그들은 폭죽을 연달아 터트리며 계속 즐거워했다. 불꽃의 사라짐은 보지 않고 다시 터지는 불꽃만 바라보는 것이었다. 인간의 이별 따위는 안중에도 없었다. 나도 그들처럼 금세 사라져 버리는 불꽃을 무시하기로 했다. 새로 터지는 불꽃만 바라보기로 하며 나머지 네 방을 모두 터트렸다.

폭죽놀이도 끝났고 더 이상 할 일이 없었다. 그렇다고 이대로 잠을 자러 호텔로 들어갈 수는 없었다. 군데군데 텐트가 눈에 들어오고 별처럼 불빛이 반짝이고 있었다. 구원의 불빛을 발견한 듯 그쪽으로 부지런히 걸음을 옮겼다. 겨우 두어 사람이 앉을까 말까 한 텐트 입구에 이십 대 초반으로 보이는 남녀가 점을 치고 일어나면서 "그것 봐! 내가 뭐라고 했노? 우린 하늘이 정해준 천생연분이라고 했지?"라고 하며 여자가 자기 얼굴을 남자 얼굴에 비벼대자 남자가 여자 허리를 감싸 안고 볼에 키스를 해주며 걸어갔다. 나는 할아버지라고 하기엔 뭣하고 아저씨라고 하기엔 좀 늙어 보이는 남자가 가리킨 휴대용 의자에 다소곳이 앉아 묻는 대로 생년월일과 태어난 시까지 말해 주었다. 남자는 큰 그림책을 펼쳐놓고 백지에다 알아볼 수 없는 글을 서너 장 휘갈겨 쓰더니 나와 글을 번갈아 보며 입을 열었다.

"색시는 남자를 조심해야 돼. 앞뒤 온 사방에 남자가 깔렸어. 다 도둑놈들이야. 밥은 늘 풍성하니 밥걱정은 없겠고. 음, 자식 하나는 관직에 나가겠고 또 하나는 이재에 밝아 큰 재물을 모으겠고. 올해는 손재수가 들었으니 증권을 해서도 안 되고 돈을 빌려주지도 말고 우짜든지 남자하고 돈만 조심하면 아무 탈 없어."

그림책에는 흰 소복을 정갈하게 입은 여인이 달밤에 뜰을 거닐고 있었다. 요염해 보였다. 그리고 한쪽엔 사대부집 안

방마님이 점잖게 앉아 있고 어사화를 머리에 꽂은 아들이 큰절을 올리고 있었다. 옆으로 또 한 아들이 곳간에 가득한 곡식 가마니를 바라보고 있었다. 나에게는 아들이 없으니 말이 안 되는 줄 알면서도 기분이 좋았다. 이다음에 우리 아정이 남편이 고위공직에 앉게 될지도 모른다는 생각에 역시 말도 안 되는 질문을 했다.

"사위도 해당이 될까요?"

"되다마다. 여기에 남자만 그려져 있는 것은 아들, 사위, 딸 모두를 포함한 것이거든. 그리고 요새 딸자식이 제대로 자식 노릇 하는 걸 생각해 봐. 그게 다 사위 덕이지 뭐꼬."

"사람을 만나는 운세는요?"

"어허, 귓등으로 들은 기가. 증권 하지 말고 남자 조심하라카이!"

사람 만나는 운세를 한 마디만 더 했다가는 내 이마를 쥐어박을 것만 같았다. 나는 복채로 5천 원을 달라는 것을 5천 원을 더 얹어 만 원을 주고 일어섰다.

가을의 끝

새벽 2시쯤에야 버스가 내려 주었던 L호텔로 돌아왔다. 바다가 내려다보이는 20층 방에 들어와 덩그런 침대에 누웠다. 황량한 사막에 누운 것처럼 아득했다. 밤이면 제 몸을 똘똘 말아 올리는 식물 미모사처럼 몸과 마음이 똘똘 말렸다. 창밖에선 파도 소리가 쉬지 않고 들려왔다. 차라리 사람들이 있는 바닷가가 더 나을 것 같아 방에 들어온 게 후회가 되었지만 그냥 잠을 자 보기로 마음먹었다. 힘주어 눈을 감았다. 다시 잠 대신 그들 부부의 즐거운 만남이 영상처럼 펼쳐졌다. 그들 부부도 어쩌면 해운대 어느 호텔에서 밤을 보내고 있을지 모를 일이었다. 그렇더라도 나는 아무렇지도 않게 이 상황을 이해해야 한다고 애썼다. 그가 지금 아내와 행복한 잠을 자고 있듯이 나 또한 싫든 좋든 평소는 물론 어젯밤에도 남편과 섹스를 했으므로 공허하고 초라하고 고독할 이유가 전혀 없다고 주장했다. 김석환 그와 아무것도 달라진 것이 없다는 것과 다만 그의 아내가 일방적으로 부산까지 마중 나와 주었을 뿐인데 문제될 게 뭐가 있느냐고 자문과 자책을 거듭했다.

그런데 머리와 가슴은 서로 달랐다. 머리가 애써 생각해 놓은 것, 꿰 맞춰 놓은 것을 가슴이 모래성처럼 허물어 버렸다. 머리가 가슴을 이기지 못한 것이었다. 궁여지책으로 지금부터 석환 씨를 포기하리라 다짐하며 그동안 섭섭했던 것들을 찾아내기 시작했다. 얄밉도록 냉철하고 분명한 것, 그 지독한 몸 사림, 빈틈없는 용의주도함 등등을 떠올렸지만 오히려 그의 장점만 알토란처럼 나열되었다. 세련된 매너와 말씨, 딱 알맞은 키와 세련된 옷차림, 웃을 때의 매력, 그리고 회사에서 인정받는 실력…….

다른 처방을 찾기 시작했다. 휘아새 이야기를 해 주던 날을 떠올렸다. 그날 밤 그는 순애보 휘아새의 사랑 이야기를 하던 끝에 무척이나 분명하고 확실하게 자기 소신을 말했던 게 있었다.

"나는 승연이 당신으로 하여 새로운 활력과 새로운 나를 만들어 가고 있지만 만약 당신이 미혼이나 독신이었더라면 상황은 달라졌을 거야."

"무슨 뜻이죠?"

"만약 당신이 혼자라면 내 아내가 싫어질지도 모르니까. 그리고 아내의 자리에 당신이 있기를 원하게 될지도 모르니까."

전혀 섭섭할 이유가 없는데도 순간 정이 뚝 떨어지도록 섭섭하고 허전했었다. 연애에 있어 여자는 이상을 추구하고 남자는 현실을 추구한다는 민정이의 말을 그때 이해할 수 있었다. '여자는 어떤 상황에서든 마찬가지예요. 한 사람을 향해 집중하게 되면 아무것도 생각할 수 없는 거라구요.'라고 항의하고 싶었지만 입 밖에 내지 않았다.

나는 그날 섭섭했던 기억을 물고 늘어지기로 했다. 그를 알고부터 휴대폰을 노상 손에 쥐고 있어야 마음이 놓였던 것, 심지어 화장실에 가면서도, 식사를 하는 시간에도 손에서 휴대폰을 놓지 못했던 것, 남편이 지적한 대로 남편 와이셔츠가 어떻게 돌아가는지 몰랐던 것, 세상에 오직 하나밖에 없는 내 딸 아정이가 학교생활을 잘하고 있는지 어떤지조차 제대로 살피지 않았던 것들을 줄지어 생각했다. 정말 섭섭하고 야속한 마음이 들기 시작했다. 그는 무척 약아빠진 현실주의자이고 나는 어리석기 짝이 없는 이상주의자였다. 민정이 말대로 집에 돌아가면 애인 따위는 깡그리 잊어버린다는 것, 가정선생여자 말대로 석환 씨는 아내에게 너무 잘한다는 것, 또 가정선생여자 말대로 남자는 가정과 사회적 위치에 목숨을 건다는 것을 자꾸 곱씹어 생각했다. 다행히 지독하게 물고 늘어진 그 생각이 그들 부부에 대한 상상을 짓눌러 준 덕분에 겨우 잠이 들었다.

그리고 얼마나 잤을까. G선상의 아리아가 꿈결처럼 울렸다. 평소 같았으면 잠에 취해 빙글빙글 도는 몸을 가누지 못해 한참이나 헤매며 떨떨한 목소리를 겨우 낼 것이었지만 찬물을 뒤집어쓴 것처럼 정신이 번쩍 들었다. 단숨에 일어나 앉았다. 가슴이 쿵쿵 뛰기 시작했다. 그에게 무슨 말을 어떻게 해야 할지, 불과 1, 2초 사이에 수많은 생각이 오고 갔다. 한편으론 화를 내고 싶고, 한편으론 목마르게 엄마를 기다리다 탈진해 버린 아이가 울음을 터트리듯 엉엉 울어 버리고 싶은 심정으로 발신자 이름을 확인할 겨를도 없이 휴대폰을 귀에 댔다. 그리고 아주 가늘고 힘없이 금방 어디론가 꺼져 버릴 것처럼 "여보세요!"라는 목소리를 냈다. 저절로 슬픔이 밀려들어 조금 울먹였고, 그 울먹임이 저쪽으로 고스란히 전해진 모양이었다.

"왜 그래? 어디 아파?"

말투가 이상하다고 의아해 할 동안 다시 저쪽에서 목소리가 들려왔다.

"아무튼 지금 서울로 올 수 있어?"

목소리의 주인이 아정이 아빠라는 사실이 확실해진 순간 나는 남편의 목소리와 석환 씨의 목소리가 비슷하다는 걸 기억했다. 실망으로 끓어오른 울화를 사정없이 퍼내고 싶었지만 그럴 수도 없었다. 꼭두새벽에 무슨 전화냐고 화를 조금 내고 말았다. 그러나 곧 머리를 흔들며 휴대폰을 고쳐 잡았다. 중요한 일로 출장 온 사람에게 남편은 함부로 전화를 할 사람이 아니라는 것과 새벽 전화가 주는 긴장감 탓이었다.

"7시가 꼭두새벽이라니. 그건 그렇고 여기 병원이야. 아정이가 새벽에 갑자기 배가 아파 떼굴떼굴 구르다가 응급실에 왔는데 급성맹장염이래. 지금 수술 준비 중이니까 오려거든 강남 S병원으로 와. 장모님과 내가 있으니까 곤란하면 일을 보고 오든지."

참을 수 없이 그가 보고 싶어 은행으로 달려가야 했을 때, 누군가가 중세시대 노예를 내리친 채찍으로 나를 후려쳐 주기를 바랐던 적이 있었는데 정말 그런 채찍으로 호되게 맞은 기분이었다. 내가 부산에서 더 이상 머무를 이유도 없거니와 내 목숨보다 더 귀한 딸 아정이를 생각하면서 자리를 박차고 일어났다. 바닷물에 구겨진 실크원피스 대신 따로 넣어 온 바지와 점퍼를 입고 번개처럼 호텔을 나섰다.

부산으로 내려올 때는 석환 씨에 대한 설렘으로 가득했었다면 서울로 돌아가는 길은 오로지 아정이 생각으로 가득했다. 한편 남편이 고마웠다. 요즈음 맹장염은 병도 아니라고 인식하듯이 남편은 혼자 해낼 수 있다는 뜻으로 '곤란하면 일을 보고 오든지'라고 말한 것이 고마웠다. 서울에 도착하여 병원에 들어서자 아정이는 이미 수술을 끝냈고 아직 마취에서 깨어나지 않은 상태였다. 이틀 전 학교 양호실에 누워 있다면서 전화했던 아정이에게 냉정하게 말했던 걸 생각하자 눈물이 흘러내렸다. 남편은 그런 나를 바라보며 "이제부터 아이 좀 챙겨"라고 했다. 그렇다고 남편이 화를 낸 것은 아니었다. 나는 마취 상태인 아정이의 손을 잡고 소리 내어 울기 시작했다. 울음 소리는 점점 커지면서 서러움이 흘러 넘쳤다. 남편이 어쩔 줄 몰라 했다.

"맹장수술은 감기보다 더 빨리 회복된다는 거야. 이까짓 걸 가지고 그렇게 겁을 먹고 울면 어떡해. 애가 놀란다니까."

남편이 내 어깨를 다독거리며 달랬다. 나는 점점 더 서럽게 울었다. 울면서 내가 우는 것은 아정이에 대한 미안함 때문만은 아니라는 자책이 들었다. 그러면서도 내 힘으로는 당장 눈물을 그치게 할 수가 없었다. 다행히 아정이는 내가 울음을 그치고 충혈된 눈이 어느 정도 가라앉은 다음에야 깨어났다. 친정 엄마가 아정이가 퇴원할 때까지 병원에 있겠다고 했지만 내가 아정이 곁에 있겠다고 고집했다. 아정이는 해쓱해진 얼굴로 엄마 놀랐어? 하고 물으면서 본래 내 눈을 닮아 쌍꺼풀이 없는 민둥한 눈을 깜빡거렸다.

아정이가 헤실헤실 웃는 것을 본 후에야 나는 긴장이 풀렸다. 그때서야 비행기에서 꺼 놨던 휴대폰을 다시 살렸다.

지금쯤 그는 아내와 함께 서울로 올라오고 있을지도 모를 일이었다. 아무튼 아내와 함께 있을 것이었다. 그에게서 전화가 올 것이란 기대는 억지로 무너뜨리지 않아도 저절로 무너져 내렸다. 더 이상 그의 전화를 기다리지 않기로 했다. 아니 그를 송두리째 잊어버리기로 마음먹었다. 어차피 그와 함께 무엇 하나 공유할 것이 없고 보면 그와의 만남을 차라리 아주 저급하게, 마흔세 살 바람난 여자의 욕망을 불태운 불장난에 불과한 것이었다고 치부해 버리기로 했다. 그의 매력? 지금 당장 거리에 나가 보더라도 김석환 그 정도 되는 남자들은 얼마든지 널려 있고 그는 결코 특별한 사람이 아니라고 우기며 아정이 곁을 맴돌았다.

오후 6시쯤 담당의사가 회진을 돌고 간호사가 아정이에게 주사를 놔 주고 나간 후에도 그런 결심을 굳히며 아정이에게 흐트러진 담요를 바로잡아 덮어 주었다. 그리고 그때 G선상의 아리아가 울렸다. 석환 씨였다. 나는 조금 전 결심을 까맣게 잊어버린 채 반사적으로 휴대폰을 집어 들었다. 하지만 휴대폰을 귀에 대지 못한 채 안절부절못했다. 석환 씨, 라는 부르짖음이 입 밖으로 터져 나올 것 같아 있는 힘을 다해 입을 꼭 다물었다. G선상의 아리아는 그치지 않았다. 아정이가 “엄마 빨리 전화 받아!”라고 나를 흔들었다. 그때서야 아정이가 곁에 있다는 것을 의식하며 후다닥 병실 밖으로 나왔다. G선상의 아리아가 병실 복도의 공기를 타고 크게 울려 퍼졌다. 계속 곡이 울리자 간호사가 나를 쏘아 보았다. 아무리 좋은 명곡이라도 때와 장소가 있는 법이었다. 전화를 받기로 결심했다. 그가 말하기 전에, 그가 어떤 변명을 하기 전에 내가 먼저 내 심정을 있는 그대로 표현한 다음 결별을 선언하리라 마음먹었다. 조심스럽게 휴대폰을 귀에 댔다. 폰을 귀에 댔지만 막상 입이 열리지 않았다. 숨만 몰아쉬었다.

"승연이, 나야. 나라구!"

그는 마치 내가 누군지 모르겠어? 라고 묻는 것 같았다. 나는 어떻게든 빨리 말을 꺼내리라 마음먹으며 입을 달싹여 봤지만 입은 풍을 만난 사람처럼 도무지 움직여지지 않았다. 그는 점점 애가 타는 목소리로 말 좀 하라며 다그쳤다.

"왜 대답이 없지? 내가 귀국이 늦은 건 미리 말했잖아. 그런데 왜 또 부산에서 하룻밤을 잤느냐 이거지? 그건 부산지사 일 때문이었어. 부득이한 일이었다니까. 귀국하자마자 부산지사 사람들과 저녁을 먹어야 했고 밤늦게까지 술을 마셔야 했어. 그래서 어젯밤에 한숨도 못 잤어. 회사 일로 술을 마시는 것도 업무의 일종이고 업무의 연장이야. 그게 직장인들이 살아가는 세계야. 우리 사이에 그런 것들이 무슨 상관이지? 제발 말 좀 해 보라니까."

정말 그런 건 우리 두 사람 사이에 문제 될 게 아무것도 없었다. 나는 결국 통화를 중단하는 정지버튼을 누르고 말왔다. 아예 휴대폰을 꺼 버렸다.

아정이가 퇴원할 때까지 휴대폰을 꺼 버린 상태로 있었고 3일 만에 학원에 출근했다. 그때서야 다시 휴대폰을 살렸다. 이 양이 학원으로 나를 찾는 전화가 수차례 왔었다고 말해 주었다. 이 양의 말이 끝나자마자 G선상의 아리아가 울렸다. 다시 석환 씨였다. 이번에도 비장한 결심을 하며 전화를 받았다.

"승연이, 나야 나라구!"

그는 무척 조급하게 말했다. 그의 목소리가 슬프게 들렸다. 나는 마치 깊은 최면에 걸린 사람처럼 여전히 말문을 열지 못한 채 듣기만 했다. 그는 일단 만나자고 했다. 무슨 일인지 만나서 이야기를 해 보고 자기에게 잘못이 있다면 용서를 빌겠으니 기회를 달라고 했다. 마침 금요일이니 오후 6시에 지금까지 해 오던 대로 그곳에 차를 대기시켜 놓고 기다리겠다며 전화를 끊었다.

철근 콘크리트 같은 자존심을 생명처럼 여긴 그가 당황한 목소리로 '용서를 빌겠다. 기회를 달라. 일단 만나자'라고 하는 건 놀라운 일이었다. 답답해하는 그를 생각하자 오후 6시가 아니라 오후 1시인 지금 당장 그에게 달려가고 싶은 심정이었다. 예전처럼 수업을 정 선생에게 대신 시키고 오로지 그만을 생각하며 단숨에 달려가 그의 불같은 키스를 받고 싶었다. 그의 숨 막힌 속삭임을 듣고 싶었다. 그런데 그런 생각을 하기가 무섭게 보름달처럼 둥실 떠오른 그의 아내, 전업주부여자가 내 눈 앞에서 풍만한 알몸을 이리저리 샤워기에 돌려대는 것이었다. 내 그리움은 불꽃이고 전업주부여자는 대형 소방호스였다. 불꽃이 타오를 때마다 소방호스에서 거세게 뿜어져 나온 물줄기가 가차 없이 진화해 버렸다.

나는 약속 장소에 나가지 못했고 다음 날도 그는 전화를 했다. 나는 이제 전화조차 받지 못했다. 가슴이 터질 것만 같았다. 생각 끝에 택시를 타고 은행으로 달려갔다. 커피를 뽑아 들고 사람들 틈에 앉아 생각에 잠겼다. 그에게 당장 전화를 하고 싶었다. 휴대폰을 만지작거렸다. 손가락만 잠시 움직이면 된다고 나를 설득했지만 전화를 걸 수 없었다. 휴대폰에서 손을 뗐다. 커피를 다 마시고 난 다음 다시 생각해 보기로 했다. 그전처럼 띵동! 하는 호출음이 쉴 새 없이 이어졌다. 호출음에 따라 전광판에 붉은 글씨가 나타나고 사람들이 창구로 달려갔다. 그때마다 내 옆 사람들이 바뀌었다. 내 옆자리에 할머니가 앉았다. 현관에서는 들어오고 나가는 사람들이 계속 교차하고 있었다. 눈이 자꾸 현관 쪽으로 향했다. 커피를 다 마시고 말았다. 이젠 어떡하지? 라고 나에게 물으며 눈은 계속 현관을 주시하고 있었다. 그리고 순간 앗, 하고 소리를 지를 뻔했다.

그가 성큼 현관을 통과해 은행으로 들어서고 있었다. 나는 반사적으로 옆에 앉아 있는 할머니 등 뒤로 얼굴을 숨겼다. 다행히 할머니는 내 행동에 민감하지 않았다. 할머니 등으로 얼굴을 가린 채 그를 살폈다. 그는 은행으로 볼일을 보러 왔을 것이었다. 내 짐작대로 그는 은행창구로 가 지점장으로 보이는 남자와 선 채로 이야기를 하고 있었다. 지점장으로 보이는 남자가 여직원에게 뭔가를 지시하고 여직원은 무슨 서류를 찾아 와 그에게 보여 주었다. 그렇게 무슨 일인가를 보고 몸을 돌렸다. 그는 다시 출입문을 향해 걸었다. 그런데 걸으며 휙 몸을 돌려 홀을 둘러보는 것이었다. 나는 어서 뛰어나가야 한다는 생각을 했다. 실제로 뛰어나가려고 몸을 움직였지만 몸이 붙박이처럼 꼼짝하지 않았다. 무엇엔가 꽉 붙잡힌 듯했다. 순간 육중한 무게까지 느껴졌다. 역시 전업주부여자였다. 그녀의 육중한 몸이 다시 나를 붙잡고 늘어진 것이었다.

그러는 사이에 그는 뭔가 아쉬운 표정으로 홀을 한 번 더 둘러보고는 몸을 돌려 출입문 밖으로 나가 버리고 말았다. 은행에 온 걸 후회했다. 서둘러 학원으로 돌아왔다. 그는 휴대폰에 음성메시지를 남겼다.

"당신을 이해할 수 없군. 도저히 이해할 수가 없어요. 뭐가 뭔지 모르겠어."

갈수록 나를 이해할 수 없다는 그의 목소리를 안타까워하면서 나는 차마 못할 짓을 저지른 심정으로 메시지를 지워 버리고 말았다. 메시지를 지우면서 자문했다. 이제 다시는 그를 만나지 않을 자신이 있느냐고? 거짓말처럼 그를 지워 버릴 수 있느냐고? 그리워하지 않을 자신이 있느냐고? 수없이 그런 질문을 되풀이하며 퇴근하지 않은 채 책상 앞에 앉아 있었다.

어둠이 실내를 장악하고 창밖 거리엔 현란한 간판 불빛들이 앞다투어 반짝이기 시작했다. 석환 씨의 얼굴이 우울하게 떠오르자 서둘러 딸 아정이를 떠올렸다. 내가 아이에게 너무 무관심하다는 남편의 핀잔도 생각하며 몹쓸 어미라는 자책을 내세워 보았지만 밖이 어두워질수록 고독이 엄습하기 시작했다. 빨리 밖으로 나가지 않거나 불을 켜지 않으면 어둠이 나를 오렌지즙을 짜듯 쥐어짜 버릴 것만 같았다. 하는 수 없이 밖으로 나왔다. 우두커니 선 채로 질주하는 차량 물결을 바라보았다. 모두 어디로 그렇게 부지런히 가는지 새삼 궁금했다. 대부분 집으로 갈 것이었다.

나도 집으로 갈 일밖에 없었다. 그냥 집으로 갈 수 없어 꽃상가로 내려갔다. 저녁 9시면 거의 문을 닫는 꽃상가는 어두웠다. 화려한 꽃은 어디에도 보이지 않고 남편 가게만 불이 환하게 켜져 있었다. 언제나 일거리가 많은 남편은 밤늦도록 일을 하고 있었다. 성큼성큼 남편 가게 가까이 다가갔다. 숨길 수 없는 지독하게 우울한 표정으로 남편 가게로 간다는 건 내키지 않으면서도 나는 마음과 반대로 움직이고 있었다. 남편 가게 문은 열려 있었고 밤일을 하느라 직원들의 손놀림이 바빴다. 가을인데다 전국 각지에서 주문이 몰려드는 유명한 꽃집다웠다. 바쁜 직원들은 나에게 목례로 겨우 인사를 하고는 일에 몰두했다.

남편은 역시 리본에 글을 쓰고 있었다. 언제나 그렇듯이 깊은 침묵에 잠긴 채 붓을 놀리고 있는 남편은 나를 쳐다볼 짬이 없었다. 나 또한 그런 남편의 침묵을 깨서는 안 된다는 걸 잘 알고 있었다. 나는 구경꾼처럼 감상하고 남편은 지고한 예술행위를 하고 있는 사람 같았다. 남편이 놀린 붓끝이 지난번처럼 나를 향해 "난 너의 모든 것을 다 알고 있지. 다만 말을 하지 않을 뿐이야"라고 말하는 것 같았다. 글자 하나씩을 마칠 때마다 새어 나오는 심호흡이 내 심장을 스쳤다. 나는 이틀 전처럼 남편 사무실로 들어갔다. 그림이 그대로 있고 책상 위에 책도 그대로 있었다. 다시 책을 살폈다. 빨간 줄을 그어 놓은 부분도 그대로 있었다. 나는 지난번에 읽다 중단한 나머지 내용을 읽어 내렸다.

한 텐트 안에서 살아가는 부부는 서로 발끝부터 머리 꼭대기까지 모르는 게 없다고 굳게 믿고 있다. 서로 세포 조직까지 낱낱이 꿰고 있다고 자신한다. 그러나 안타깝게도 부부는 서로에 대해 전혀 모른다. 마치 마비된 후각처럼 살아갈수록 서로에 대해 더 모른다. 안다는 것은 단지 무얼 잘 먹고 잘 먹지 않는지, 무얼 잘하고 못하는지, 잠잘 때 코를 고는지 어떤지 등의 하찮은 버릇이나 습관 따위에 불과하다.

작업장에서 남편은 계속 붓만 움직이고 있었다. 리본이 바뀔 때만 긴 띠를 젖히느라 부스럭거렸다. 댓잎이 스치는 것 같은 부스럭거림이 한참 지나가고 난 다음 남편은 다 쓴 리본을 행거에 줄지어 걸어 놓고 바라보고 있었다. 언제나 그렇듯이 남편 얼굴에 만족스러운 미소가 흘렀다. 남편이 써 놓은 붓글은 바람 한 점 새어 들지 않는 고요였다. 글은 정확한 구도를 잡고 있었고 안정감을 주었다. 만약 자로 잰다면 리본의 길이와 너비와 글자 획 하나하나가 영점 일 미리도 오차가 없을 것이었다.

정말 아무것도 모르는 것 같은 남편의 무표정한 얼굴과 빨간 줄이 그어진 책의 내용이 맞닥뜨렸다. 또다시 머리가 복잡해졌다. 오늘 글은 남편이 자기 개선을 한다는 것과 어쩐지 맞지 않았다. 책 내용대로 남편이 나에 대해 아는 것이 무엇인가 생각해 봤다. 빵을 싫어하고 칼국수를 좋아한다는 것, 잠이 많다는 것, 말과 걸음이 빠르다는 것(지금은 그렇지 않지만), 그리고 또 뭐가 있을까 하고 찾아봤지만 떠오르는 것이 없었다. 나 역시 남편에 대해 얼마나 알고 있는지 생각해 봤다. 과묵하고 용의주도하고, 잠을 잘 때 코를 곤다는 것, 북엇국을 좋아하고, 커피를 좋아하고, 책 사기를 좋아하고, 붓글씨를 잘 쓴다는 것, 그리고 여자에 대해 무관심하다는 것, 천지가 개벽을 해도 연애는 못한다는 것 등이었다. 정말 책 내용대로 하찮은 버릇이나 습관 따위에 불과한 것들만 알고 있었다.

만약 남편이 지금까지 내가 한 모든 것을 다 알면서도 눈썹 하나 까딱하지 않는다면 지독하고 무서운 사람이란 생각이 들었다. 더 이상 그 자리에 서 있을 수가 없어 서둘러 사무실에서 나와 차를 몰고 앞만 보고 달렸다. 얼마나 달렸을까. 아무 생각 없이 속력을 늦추고 길가에 차를 댄 후 길게 심호흡을 펴낼 무렵 휴대폰에 메시지 들어오는 소리가 났다. 그가 보낸 것이었다.

"앞으로 6일간 생각하는 시간을 갖기로 하지. 오늘이 금요일인데, 다음 주 금요일에 예전처럼 그 자리로 나와 줘. 어쩌면 이게 마지막이 될지도 모르겠군. 석환."

휴대폰을 들여다보면서 옥죄어 오는 가슴을 진정시키기 위해 오디오에 베토벤 교향곡 5번 운명을 넣고 고개를 뒤로 젖혔다. 밤하늘엔 무수한 별이 떠 있고, 내 머릿속에서는 한용운 님의 시 「님의 침묵」이 지나가고 있었다.

날카로운 첫 키스의 추억은 내 운명의 지침을 돌려놓고 뒷걸음쳐서 사라졌습니다 …… 우리는 만날 때에 떠날 것을 염려하는 것과 같이 다시 만날 것을 믿습니다.

하늘에서 가을 별들이 총명하게 빛나고 있었다. 그를 기다리는 마지막 날 밤에 고이 품고 잤던 별들이었다. 베토벤의 웅장하고 심연처럼 깊은 간절한 음이 폐부를 흔들었다. 그는 베토벤의 운명을 좋아한다고 했다. 바람 부는 광야를 거침없이 회오리치면서 어딘가로 질주하는 듯한 느낌 탓이라고 했다. 그러면서도 신의 명령에 순종하듯 서서히 제자리로 가라앉는 것 같은 순환이 좋다고 했다. 마치 석환 씨와 나의 시작과 결말 같다는 생각이 들었다. "그렇다면 이대로 가라앉아야 하는가. 그래야 하는가."라고 생각하는 동안 음악은 천둥치는 듯하고, 소나기가 내리는 듯하고, 다시 어딘가 맑은 숲속을 헤치며 햇살이 비치는 듯한 순간들을 연출했다. 그러다가 다시 천둥이 치고 소나기가 내리더니 고요히 숨을 죽이기 시작했다. 열정으로 시작하여 고요하게 끝을 맺는 것이었다.

별들을 모조리 따 낼 것처럼 끝없이 하늘을 바라보면서 비로소 내가 있는 곳이 그와 금요일마다 만났던 자리, 서초동 사거리 택시 승강장 아래란 걸 알았다. 그를 만나지 않을 수 있느냐고 또다시 나에게 물었다. 이대로 무를 자르듯 싹둑 잘라내 버릴 수 있느냐고 대답을 독촉했다. 자문할수록 도리어 내 속에서 미친 듯이 맴돌고 있던 떨림이 다시 일어나려고 몸부림쳤다. 거의 일 년 동안, 정확하게 11개월 동안 그가 나에게 했던 하나하나의 몸짓과 말과 미소가 또다시 나를 장악하려고 했다. 한용운 님의 시 '날카로운 첫 키스의 추억'이라는 시어가 무엇을 상징하든 송도 바닷가에서 했던 첫 키스의 추억이 날카로운 살(矢)이 되어 내 심장으로 마구 날아들었다. 그날 아, 하고 그가 퍼낸 감탄사가 내 가슴에 뜨거운 화인을 찍어 댔다. '우리는 만날 때에 떠날 것을 염려하는 것과 같이 다시 만날 것을 믿습니다'라는 한용운 님의 시처럼 다시 만나지기를 믿고 싶었다.

나는 더 이상 나를 제지할 수 없어 딱 오늘 밤만 예전의 감정에 사로잡힘을 허용하기로 했다. 허용하기가 무섭게 내 감정은 고삐 풀린 망아지처럼 종횡무진 김석환이라는 남자를 향해 달리기 시작했다. 숨이 막히도록 그의 가슴을 향해 달렸다. 그런데 브레이크가 걸리고 말았다. 다시 전업주부 여자의 알몸이 눈앞에 덩실 나타난 것이었다. 내 감정은 다시 유리조각처럼 산산이 부서지고 말았다. 깨진 유리조각이 가슴을 베었다. 쓰라린 가슴을 움켜쥐고 밤새 신음하며 날을 밝혔다.

다행히 남편은 내가 엉망진창으로 다운되어 있다는 것을 전혀 눈치채지 못했다. 그런데 나를 낳은 엄마는 속이지 못했다.

"너는 아직도 내 자궁에 들어앉아 있는 태아라는 걸 모르지? 가끔 내 배를 툭툭 걷어차기도 하고, 심장 뛰는 소리가 들리거든. 네 마음이 아플 때마다 그렇단다."

엄마가 내 얼굴을 유심히 들여다보며 걱정스럽게 말했다. 무슨 일이냐고 물었다. 이 좋은 가을에 집 안에 처박혀 앉아 뜨개질할 때부터 이상타 했는데, 도대체 무슨 일이냐고 물고 늘어졌다. 아무리 엄마라지만 엄마에게 딴 남자 만났는데 지금 엉망이라는 말은 할 수가 없었다. 그리고 내가 아직도 엄마 자궁에 들어앉아 있는 태아라지만 엄마도 거기까지는 상상조차 하지 못했다.

엄마는 어디가 아픈 거냐? 돈을 누구한테 떼였느냐? 증권을 했다가 큰돈을 잃었느냐? 이도 저도 아니면 아정이 아빠가 바람이라도 난 거냐며 죄 없는 아정이 아빠를 겨냥했다.

"아정이 아빠 바람난 것 맞지?"

"이 세상 남자가 다 바람피워도 아정이 아빠는 그런 것 못한다는 거 엄마도 잘 알잖아요. 제발 그런 걱정 말라니까."

나는 귀찮다는 투로 짜증을 냈다. 정말 귀찮았다.

"돈 문제하고 아정이 아빠 여자 문제만 아니면 됐다."

엄마는 일단 그 두 가지 문제가 아니라는 것에 안심을 하면서도 마음이 놓이지 않은지 새벽 기도회에 나가기 시작했다.

다음 날에도 나는 앞으로 어떻게 해야 할지 결정하지 못한 채 해쓱한 얼굴로 출근했다. 그리고 수십 년 만에 어느 먼 나라 망명지에서 돌아온 사람처럼 현실을 둘러봤다. 학원은 그대로 있고, 이 양도 그대로 있고, 변한 것이 아무것도 없는데 모든 것이 생소했다. 이 양이 '어' 하는 눈빛으로 나를 쳐다보았다. 의자에 털썩 주저앉아서야 내가 평소와 달리 오전에 출근했다는 사실을 알았다. 헬스장에 가지 않았다는 것도 알았다. 석환 씨를 알기 전에는 오전 오후 가릴 것 없이 형편에 따라 출근했었지만 그를 알고부터는 달랐다. 오전에는 그와 전화를 해야 했고 또 헬스에 다니느라 오후 수업에 맞춰 출근을 했었다.

남의 사무실에 온 것처럼 멍하게 앉아 있는데 G선상의 아리아가 울렸다. 민정이었다. 나는 갈증에 물을 만난 것처럼 반가워 눈물이 날 지경이었다. 목소리가 울먹일 정도로 눈물이 차올라 있었던 모양이었다.

"얘, 목소리가 왜 그래? 기분이 엉망이잖아?"

눈치 빠른 민정이는 벌써 목소리만으로도 내 심정을 고스란히 읽어 낸 것이었다.

"또 그 남자 때문이지? 그렇지?"

민정이는 내 대답을 들을 것도 없다는 듯이 바짝 조이기 시작하고 나는 엄마를 기다리다 엄마를 만난 아이처럼 목울대가 꽉 막히면서 설움이 터지고 말았다. 흑, 하고 소리 내어 울어 버리고 말았다.

"그 남자 변했구나? 니가 변할 리는 없고. 얘, 관둬. 이별은 원래 일방적인 거야."

"그런 게 아니야."

나는 서둘러 마음을 수습하며 겨우 입을 열었다. 속사정을 이야기하려 했지만 민정이는 아예 들을 것도 없다는 듯이 몰아세웠다.

"아니긴 뭐가 아냐. 어느 쪽에선가 만나 주지 않거나 아니면 만날 수 없는 형편이거나지 뭐. 유부녀 유부남의 처지가 다 그런 거잖아."

언제나 그렇지만 앞뒤가 분명한 민정이 앞에서 더 이상 입을 열 엄두를 내지 못했다. 정말 민정이는 말을 쉽게 잘도 했다.

"그런데 너, 그 남자와 평생 갈 작정이었니?"

"그런 생각해 보지 않았어."

"남자는 과거, 미래 다 자르고 오직 현실이야."

나는 말을 못하고 민정이는 내 말을 들을 것도 없다는 듯이 일방적으로 나갔다.

"그 남자 만난 지 일 년 가까이 됐지? 연애든 결혼이든 남녀 사이의 불길은 3개월이 기본 수명이래. 십여 년 전만 해도 8개월에서 길면 1년 정도는 가니 어쩌니 했었는데 그것도 갈수록 짧아져 간다는 거야. 아무튼 헤어져도 서너 번은 헤어졌겠다. 너무 길었어. 깔끔하게 잊어. 그래야 아름다운 추억으로 남는 법이야. 결혼은 계약이고 연애는 자연이라더라. 계약은 깨지 않는 한 계속되지만 자연은 3개월마다 딱, 딱, 바뀌잖아. 울고불고 붙잡고 늘어진다고 가을이 안 가니? 이제 곧 겨울이 온다니까. 두고 봐."

내 머릿속에 민정이가 한 말들로 가득 찼다. 연애는 '자연'이라는 말이 나를 더욱 허탈하게 만들었다. 그렇지만 민정이의 말은 모두 명언 같았다.

오늘이 그가 문자메시지로 정한 마지막 금요일임을 의식하며 무슨 일을 할까? 하고 생각했다. 이 양이 평소처럼 수업재료를 다듬느라 분주했다. 키 큰 부들을 적당한 크기로 자르고 갈색으로 짙게 물든 것을 따로 모았다. 안개꽃을 대여섯 가닥씩 갈라 몇 묶음인가를 묶어 놓은 다음 가위로 장미 가시를 떼어 내기 시작했다.

"이 양아, 넌 꿈이 뭐니?"

이 양도 나처럼 세계적인 꽃꽂이 작가가 되고 싶다는 걸 뻔히 알면서도 나는 엉뚱한 질문을 했다. 가위로 가시를 훑어 내던 이 양이 내 질문에 대한 대답 대신 이마를 찡그리며 아얏! 하고 가위를 떨어뜨렸다. 가시에 손가락을 찔린 것이었다. 이 양의 가운데 손가락 끝 볼록한 부분에서 빨간 핏방울이 이슬방울처럼 솟아올랐다. 예전에 내 손가락 끝에서 하루에 수십 번 솟아오른 핏방울이었다.

정말 오랜만에 바라보는 내 정체성이었다. 이 양이 핏방울을 유심히 바라보고 있었다. 나도 유심히 바라보았다. 장미 가시가 앙칼지긴 해도 찔릴 때는 이슬 같은 예쁜 핏방울을 만들었다. 나도 예전에 손가락에서 솟아오른 핏방울을 '바라보며' 금세 닦아 내지 못했다. 그러면 남편은 "자기가 무슨 예술가라도 돼? 핏방울을 감상하고 있게."라며 핀잔을 주기 일쑤였다.

이 양도 그때 나처럼 냉큼 피를 닦아 내지 못한 채 입김으로 손끝을 호호 불고 있었다. 호호 부는 입김을 타고 핏방울이 동그랗게 떨었다. 이 양은 다시 손끝으로 피가 올라가도록 손가락 중간 부분을 밀어 올렸다. 가시에 찔린 독을 없애려는 시도였다. 핏방울이 커지면서 굴러 떨어졌다.

"예술가의 길은 그렇게 피나는 과정이란다. 앞으로 그런 핏방울을 수백 개, 수천 개쯤 바라보게 될 거야."

잠자코 듣고 있던 이 양이 고개를 끄떡였다. 나는 자리에서 일어나 이 양에게 가위를 빼앗아 나머지 장미 가시를 모조리 떼어 냈다. 키 큰 글라디올러스 꼭지를 따고, 물백합에 속대를 넣고, 가는 소나무 가지에 철사를 감아 방향을 잡아 놓고, 수반에 꽂혀 있는 꽃을 뽑아냈다. 아직 며칠은 갈 만한 꽃이었다. 내가 하는 양을 바라보던 이 양이 놀란 눈으로

"아직 멀었는데요!"라고 하며 나를 제지하려고 했다.

이 양이 놀란 건 아직 쓸 만한 꽃을 뽑아낸 것 때문이 아니라는 갑자기 변해버린 내 행동일 것이었다. 나는 장미 꽃잎 끝이 검게 변하기 전에, 백합 꽃잎이 말리거나 누런빛을 띠기 전에, 눈싸라기 같은 안개꽃이 정말 눈싸라기처럼 쏟아지기 전에 버려야 한다고 강조하면서 수반을 정리했다. "프로는 잘 버릴 줄 알아야 해. 꽃은 절정이 지나자마자 버려야 해. 시시각각 변하는 것만이 무언가를 창조할 수 있거든. 변하고 또 변해서 인류문명이 이만큼 발전한 거구. 앞으로도 계속 발전해 갈 거구."라고 일렀던 류초희 선생님 말을 흉내 낸 것이었다. 선생님이 당부했던 것처럼 나는 프로답게 이제 막 절정을 지난 꽃을 버리고 새롭게 꽃을 꽂았다. 나는 열심히 꽃을 꽂고 이 양은 결국 손가락 끝에 맺혀 있는 핏방울을 휴지로 닦아 내면서 몇 번인가 되풀이하여 고개를 갸우뚱했다. 아직도 나를 이해하지 못하겠다는 표정이었다.

꽃을 다 꽂은 다음 달력을 봤다. 그리고 이 양을 향해 "한일교류전이 얼마 남지 않았지."라고 했다. 그러자 이 양은 듣던 중 반가운 소리라는 듯이 "그럼요. 원장 선생님!" 하고 신바람 난 목소리로 대답했다. 정말 오랜만에 이 양은 명랑한 목소리를 내며 이제야 나를 믿겠다는 표정을 지었다.

"그런데 원장 선생님, 지금 꽂은 작품은 완전한 정형인데요?"

이 양이 의외라는 듯 작품을 바라보며 큰 소리로 말했다. 나는 주로 자유형을 고집한 탓이었다. 나도 화들짝 놀라며 작품을 바라보았다. 지름 30cm 화기에 꼭 맞게 주지는 70cm 길이로 잘라 직선으로 꽂혀 있고, 부재는 50cm 이하 길이로 3개를 잘라 45도 경사로 꽂혀 있고, 나머지는 꼼꼼한 속 박기로 마무리된 작품은 한 치 오차도 없는 정형이었다. 결코 벗어날 수 없는 나의 정형이 무의식을 통해 표출된 모양이었다.

류초희 선생님 말이 떠올랐다. 인간은 이상과 현실 사이, 그 비좁은 행간에서 몸부림치는 존재라는 것, 현실은 곧 정형이란 틀이며 인간은 끊임없이 그 현실을 탈출하려고 몸부림치지만 현실은 늘 자기의 틀 안에 붙잡아 놓기를 고집하는 것이라고 했다. 그래서 인간은 예술을 통해 정형의 틀을 벗어나 보고자 하는 것이며, 그것이 현실과 이상 사이에 치열한 싸움을 붙인 탓에 인간은 끝내 피를 흘리며 링 위에 벌렁 나자빠지게 되고 마는 거라고 했다. 그렇더라도 나는 정형을 거부하고 싶어 '이게 아닌데?'라고 작품을 향해 고개를 저었다. 내가 자꾸 고개를 젓자 이 양이 서둘러 작품을 들어다 진열대에 올려놓았다. 내가 작품을 부수어 버릴지도 모른다는 걱정 때문이었다.

한일교류전을 생각하면서 다시 연습 작품을 시작했다. 이번에는 평소 내가 선호하는 오브제를 선택했다. 30cm 높이 고목나무 등걸에 유리관을 고정시켜 과거와 현재를 시간배경으로 설정했다. 부속 소재는 밝은 녹색에 눈이 내려앉은 듯 은빛이 깔린 미국산 눈향나무를 맨 아래에 배치하고, 중심부에는 잎이 붉고 노랗고 보랏빛을 품은 재일황금송 두 개를 꽂았다. 중심주지로는 하얀 손수건을 걸쳐 놓은 것 같은 손수건나무 꽃을 유리관 높이까지 길게 꽂았다. 손수건나무 꽃은 손수건 같은 하얀 꽃잎이 또 하나 동그란 꽃을 안고 핀 꽃이다. 노랗거나 자줏빛인 이 꽃은 물방울처럼 영롱하다. 눈이 내린 것 같은 눈향나무는 떠나는 길을, 붉고 노랗고 보랏빛의 세 가지 색을 띤 재일황금송은 아픔을, 순백색 손수건나무의 동그란 꽃은 눈물을 상징했다. 작품이 이런 식이면 제목은 '이별'밖에 붙일 게 없었다. 전혀 마음에 들지 않았다.

엄마가 새벽기도를 해 준 덕분이었을까. 점점 마음이 잔잔해지기 시작했다. 뜨거움이 지나간 자리를 위로하듯 이 양이 커피를 마련하여 내 책상 위에 놓아 주었다. 그러면서 "원장 선생님, 이건 특별한 커피예요. 진짜 사향고양이 똥에서 나온 거래요."라고 했다. 한바탕 유행을 치고 지나간 루왁 커피였고 특별할 것까지는 없지만 이 양의 마음 씀씀이가 고마웠다. 찻잔을 들고 창밖을 내다보았다. 하늘과 산과 바람과 구름이 보였다. 바람이 깊은 강을 건너느라 커다란 숨소리를 내고 있었다. 구름들도 부지런히 산을 넘고 있었다. 어쩔 수 없이 모두 가야 할 길을 가고 있었다.

정말 모든 것이 끝났을까? 마음 한구석에서는 아직도 그런 질문이 남아 있는 모양이었다. 그렇게 상념에 젖어 있는데 내 휴대폰에서 눈물처럼 G선상의 아리아가 흘러나왔다. 나는 이번에도 의식적으로 발신자 번호를 확인하지 않은 채 후다닥 휴대폰을 귀에 댔지만 석환 씨일 리가 없었다. 그는 냉철한 사람이고 그것은 그의 신조 같은 것이었다. 그가 내건 조건 6일이 지나가고도 며칠이 또 지나간 뒤였다. 남자 목소리와 여자 목소리의 뚜렷한 구별, 이번에도 내 친구 민정이었다.

"왜?"

나는 이제 민정이가 내 멘토를 종료했다고 생각하면서 왜? 라고 물었다. 석환 씨와 나에 대해서 민정이가 할 일은 더 이상 아무것도 없었다.

"그렇구나. 내가 왜 너에게 전화를 했는지 갑자기 모르겠다."

민정이답지 않았다. 말이 모호했다.

"너답지 않잖아. 갑자기 모르겠다니?"

"그런데 승연아, 우리 아주 특별한 이야기 좀 해 보지 않을래?"

"갑자기 왜 이래. 너 민정이 맞아?"

"만약에 말이야. 만약에……."

"무슨 일 생긴 거니? 너에게 무슨 일 생긴거냐구?"

"그래, 일이 생겼어."

"뭐니? 심각한 문제?"

나는 순간 이번에는 내가 민정이의 멘토 역할을 할 일이 생긴 건가? 하는 의문이 들었다. 사람 일이란 도무지 알 수 없는 것이었다. 민정이라고 나 같은 일이 생기지 말라는 법은 없었다. 정말 민정이는 좀처럼 말을 꺼내지 못한 채 망설였다. 내가 석환 씨에 대한 고백을 할 때와 똑같았다.

"어서 말해 봐. 대체 무슨 일이야? 뭐든지 말해 봐."

지금까지 민정이가 나를 도와주었듯이 나도 민정이를 돕고 싶어 안달이 난 것처럼 대답을 독촉했다.

"그래 말해야지. 승연아, 만약에 네 남편이 여자를 만난다면 어떨까?"

지나친 의외였다. 나는 쿡 웃었다. 미리 준비해 둔 것처럼 웃음이 톡 터져 나왔다. 서너 번 더 웃고 난 후에도 웃음기를 입에 문 채 입을 열었다.

"너, 나를 웃기려고 작정했구나. 걱정 마. 나 미치지 않아. 남자들만 현실주의자인 줄 알아? 나도 딸과 남편과 엄마가 있어. 누구보다도 내 딸 아정이가 내 가슴속에, 아니 아직도 내 자궁 안에 쏘옥 들어앉아 있다구."

나는 엄마가 한 말을 흉내 냈다. 정말 엄마 말대로 세상을 다 준다 해도 바꾸지 못할 아정이가 아직도 내 자궁 안에 태아처럼 들어앉아 있었다.

"그래, 넌 어쩔 수 없이 내 소중한 친구 승연이야. 난 처음부터 널 믿었지."

"아주 특별한 이야기를 하자더니 겨우 이런 거였구나? 아무튼 민정이 너, 아정이 아빠 바람피울 때까지만 살아라. 세상이 개벽할 때까지 살란 말이야."

"피우더라."

"됐어. 그만 웃기라니까."

"그래 너에겐 웃기는 말이겠지. 그렇지만 그건 분명 바람이었어."

나는 더 이상 묻지 않았다. 그런 일은 있을 수 없었다. 가정선생여자가 말하기를 연애는 감성이라 했고 남편에겐 그런 감성이 약에 쓰려고 해도 없었다. 그리고 정말 상상해 볼 필요조차 없지만 백 번 양보해 한번 생각해 보기로 했다. 말하자면 내 남편이란 사람이 여자와 대화를 어떻게 하지? 어떤 말을 할 수 있지? 데이트는 어디서 어떻게 하지? 무엇보다도 그 멋없는 섹스는 어떻게? 생각할수록 말이 안 되었다. 그런데 민정이는 계속 말을 이었다.

"네 남편 그림 그리지?"

내 머릿속에 남편이 그려 놓은 어둡고 무거운 그림 한 장이 스쳤다.

"내 중학교 동기 중에 그림 그리는 애가 있는데 그 애와 함께 그림 전시회에 있는 걸 봤단 말이야."

"아정이 아빠가 그림 전시장엘?"

민정이와 나는 대학 때 만났으므로 민정이의 중학교 동기를 내가 알 까닭이 없었다. 그런데 그림을 그리고 싶어 하는 사람이 그림 전시장에 간 건 전혀 놀랄 일이 아니었다. 다만 일밖에 모른 남편이 그림 전시장에 갔다는 건 뜻밖이었다.

"그림을 좋아하는 사람들끼리 그림 전시장에서 얼마든지 이야기할 수 있는 일이잖아. 그런 걸 가지고 놀라다니. 정말 너답지 않단 말이야."

"얼마든지 이야기할 수 있지. 그런데 스토리텔링이 다음 장으로 이어지지 않겠어."

민정이는 자기가 아는 모든 걸 말했다. 그림 전시장에서 본 건 몇 달 됐고, 어떤 음식점에서도 봤으며, 남산 안중근 동상 옆 천년 묵은 느티나무 아래서 그림 그리는 걸 봤으며, 최근엔 남편 조경원에서 보았다고 했다.

"니네 조경원 인근 지역에 몇 년 전부터 자고 나면 펜션이 들어섰잖아. 그곳 경치가 얼마나 좋으니."

그 지역 경치가 뛰어나다는 건 나도 알고 있었다. 경기도에서 이름난 용마산을 지나면 구름이 내려앉는 듯하다는 운산(雲山)이 있고 운산의 꼬리뼈를 따라 물이 흐르는 곳이다. 그런데 나는 몇 년 동안 통 가 보지 않은 탓에 그곳에 펜션이 들어섰는지 어떤지는 알지 못했다.

"우리 애들 아빠가 오랜만에 공기 좋은 데 가서 바람이나 쐬고 오자 해서 지난 주말 거길 갔지 않겠니. 니네 조경원을 애들 아빠에게 자랑하려고 가까이 갔지. 그랬는데 거기서 두 사람이 그림을 그리고 있더라니까. 나도 너처럼 처음엔 믿지 않았는데, 그래서 너에게 쓸데없는 말하지 않았는데, 거기서 보고 나니까 그림 전시장이며 음식점에서 봤던 게 하나로 연결되는 거야."

내 머릿속에서 추리가 시작되었다. 그렇다면 그때 느닷없이 학원에 올라와 산에 가 보지 않겠느냐고 물어봤던 건, 혹시 내가 산에 관심을 갖고 있는 건 아닌지. 그래서 어느 날 불쑥 나타날지도 모른다는 걱정 때문에 나를 떠보기 위함이었는지도 모를 일이었다. 어쩌면 그랬을 수도 있었다. 나는 가끔 문하생들을 데리고 소재를 채취하러 이 산 저 산을 헤매는 탓에 그런 걱정이 들고도 남을 것이었다.

사정이야 어떻든 민정이의 말을 들으면서 나는 남편도 나처럼 새로운 자기를 만들어 가는 모양이라는 생각이 들었다. 남편도 나처럼 어느 세련된 여자를 만나 전율하는 떨림으로 과거의 자기를 해체하여 새로운 뼈마디를 맞추고 있는 모양이라는 생각을 했지만, 사람에겐 궁금증이란 게 있는 탓에 어떤 여자인지 자못 궁금했다. 그러니까 나에겐 별로인 내 남편이 어떤 여자에게는 새로움일 수 있다는 것, 나에겐 별로인 내 아내가 어떤 남자에게는 새로움일 수 있다고 했던 가정선생여자 말을 떠올리며 내 남편에게 새로움인 여자가 도대체 어떤 여자인지 궁금했지만, 한편으로는 멋이라곤 영점 영영 퍼센트도 없는 내 남편을 좋아하는 여자가 세상에 존재한다는 것이 신기하기 짝이 없었다.

"민정아, 그 여자 한번 보고 싶다. 아정이 아빠 같은 사람을 좋아하는 여자가 어떤 여자인지 신기해 죽겠는데 말해 줄 수 있겠니?"

"걘 성격도 생긴 것도 영 아니야. 정말 인기 없는 애거든. 남자에게 관심 끌 만한 것이라곤 영점 영영 퍼센트도 없는 앤데, 사람의 취향이란 참 이상하지 뭐니."

"그냥 간단히 말해 봐. 이를테면 미혼인지 독신녀인지 유부녀인지 뭐 그런 거 말이야."

"내 말 더 들어 보라구. 우리 남편이 그날 그런 장면을 목격하고는 '세상에 저런 여자를 좋아하는 남자도 있네!'라고 감탄하지 뭐니. 자기는 황금을 한 트럭 실어다 준대도 그런 여잔 사양하겠다는 거야."

점점 민정이 말을 신뢰할 수 있었다. 듣고 보니 그럴듯했다. 새들도 깃털이 같은 것들끼리 모인다고 하듯이 도무지 영점 영영 퍼센트도 매력이 없는 남자와 여자가 만난다면 일이 될 것도 같았다. 그런데 민정이가 그 여자에 대한 자세한 정보를 말해 주기 위해 잠시 호흡을 가다듬더니 느닷없이 전화를 끊자고 했다. 시어머니가 연락도 없이 왔다는 것이었다.

그녀에 대한 정보는 나중에 들어도 될 일이었다. 한시라도 빨리 이 신기한 사건을 확인하고 싶었다. 남편 가게로 갔다. 남편은 여전히 수심 같은 침묵으로 리본에 글을 쓰고 있었다. 언제나 그렇듯이 선뜻 말을 붙일 수 없는 탓에 묵묵히 바라만 보았고, 남편은 언제나 그렇듯이 나를 의식하지 못했다. 의식하지 못하는 건지 모른 척하는 건지 알 수 없지만 아무튼 그랬다. 그런데 지독한 침묵 속에서 남편의 미소가 감지됐다. 다 쓴 대형 리본을 들어 올린 남편 얼굴이 햇살처럼 빛나 보였다. 정말 미소였다. 결혼하고 지금까지 단 한 번도 보지 못했던 진짜 미소였다. 나는 고개를 갸웃거리며 가게에서 나와 차를 몰았다. 나도 모르게 산으로 가고 있었다. 남편이 가게에서 꼼짝하지 않고 붓글을 쓰고 있는 걸 확인했으면서도 나는 두 남녀가 나란히 앉아 그림 그리는 장면을 직접 눈으로 확인하고 싶었다.

하남시와 광주 남종면에 걸쳐 있는 용마산을 지나 30분쯤 달려 조경원이 있는 산에 닿았다. 산은 벌써 헐렁해지기 시작했다. 단풍 든 나뭇잎들이 떨어지느라 산이 부스럭거렸다. 8년 전 매입할 때와는 달리 많은 나무들이 성숙해 있는 산은 아이들이 몰라보게 자라듯이 훌쩍 커 있었다. 옛날 엄마친구네 산을 본 것 같았다. 그런데 남편과 그녀가 함께 그림을 그렸다는 장면을 찾을 수가 없었다. 나는 그들이 즐겼던 흔적이라도 빨리 찾고 싶은 마음이었다. 민정이 말대로 펜션들이 모여 있는 골짜기가 보였다. 위에서 물이 흘러내려 오는 작은 시내 같은 물줄기가 눈에 환하게 들어왔다. 남편과 그녀가 이쯤에 앉아 물이 흐르는 아름다운 풍경을 바라보며 그림을 그렸을 것 같은데, 바람에 나뭇잎 지는 소리 외엔 아무것도 없었다.

나는 광맥을 찾아 헤매는 광부처럼 산을 뒤졌다. 산 중간쯤에 있는 남편 별장 앞에 섰다. 보잘것없는 별장은 무슨 비밀 아지트처럼 숲속에 숨어 있는 듯했다. 작은 출입문을 밀었다. 탐험하듯 남편 별장, 아니 동굴 속으로 들어갔다. 제법 깊었다. 별장은 들어가는 입구부터 동굴은 아니었다. 입구는 나무로 집을 지으면서 바위동굴과 연결한 상태였다. 바위가 훌륭한 벽 구실을 해 주고 있었다. 둥근 통나무 기둥을 군데군데 세우고 지붕도 만들었다. 왕대나무로 내벽을 꾸미고 바닥에도 왕대나무가 통째로 마루처럼 깔려 있었다. 아무도 보는 이 없는 곳, 바람에 나뭇가지 흔들리는 소리만 들릴 뿐 세상과 단절된 아주 은밀한 곳이었다.

원시적인 낭만이 느껴졌다. 순간 석환 씨와 이런 곳에서 단 몇 시간이라도 지낼 수 있다면 얼마나 좋을까, 하는 엉뚱한 생각이 쳐들어왔다. 엉뚱한 생각을 털어 내며 어두운 동굴을 두리번거렸다. 문득 가정선생여자가 들려준 프랑스 라스코동굴벽화 이야기가 떠올랐다. 내가 마치 그 동굴벽화를 발견한 아이들 같다는 생각이 들었다. 나는 정말 그 아이들처럼 조심조심 동굴을 살폈다.

그리고 부지불식간에 아, 하는 신음소리가 내 입에서 터져 나왔다. 정말 동굴벽화가 있었다. 남편 동굴에도 그 동굴벽화와 비슷한 그림이 걸려 있었다. 나는 밖으로 뛰어나왔다. 차로 돌아가 트렁크에서 랜턴을 꺼내 들고 다시 동굴로 돌아왔다. 벽을 비춰 보았다. 그림은 가정선생여자가 보여 준 그 동굴벽화와 똑같았다. 온갖 교양도서를 사 모을 정도로 지적 욕구가 강한 남편이 라스코동굴벽화 그림을 가지고 있는 것은 전혀 놀라운 일이 아니었다. 그런데 동굴벽화를 왜 하필 별장에 걸어 놨는지 이해할 수가 없었다.

집에 돌아온 다음 나는 침묵했다. 별장에 갔다 온 흔적을 일체 드러내지 않았다. 그런데 그날부터 남편의 얼굴이 행복해 보이기 시작했다. 남편은 분명 행복에 겨웠다. 최근에 발견한 미소가 이젠 꽃처럼 피어난 듯했다. 남편은 밥을 먹으면서도 문득 미소를 지었다. 내가 석환 씨를 떠올릴 때마다 행복해한 그런 것과 똑같은 것이었다.

남편 별장에 다녀온 다음, 계속 동굴과 동굴벽화 그림에 대해 골몰하고 있는데 다시 민정이가 전화를 했다. 그리고 그날 갑작스러운 시어머니의 출현으로 대답해 주지 못한 것을 말하기 시작했다.

"중학교 내 동기 그 애 무척 잘난 척하는 앤데 걔가 잘난 척하는 데는 다 이유가 있거든. 외모는 전혀 아니지만 머리는 똑똑한 애야. 고등학교에서 가정선생을 하다가 지금은 입시학원에 나가고 있는데 모르는 게 없어. 근사한 직장을 가진 남편도 있고, 자식도 있고, 예술에 대한 감성도 있어서 그림도 잘 그리지. 본래 그림을 그리고 싶어 안달하던 애였으니까."

"모르는 게 없는 가정선생?!"

내 속에서 유리창 백 개가 한꺼번에 와르르 깨지는 소리가 났다. 나는 겉으로는 소리를 내지 않았다. 속이 살얼음이 언 초겨울처럼 서늘해졌다.

"얘, 승연아, 무슨 말 좀 해 봐. 승연아!"

내가 말문을 닫아 버리자 민정이가 나를 불러 댔다. 남편의 그 칙칙한 그림과 가정선생여자가 화실에 다닌다는 말이 하나로 겹쳐졌다. 내가 석환 씨를 아는 동안 남편은 기발하게도 산속에 동굴을 짓고 있었다. 바위처럼 묵묵하게 입을 꾹 다문 채 자신의 세계를 찾아간 것이었다. 반전치고 너무 엉뚱했다.

동굴벽화 속의 남자 성기가 환영처럼 머릿속을 맴돌았다. 꼿꼿한 성기에서 피어오른 욕망과 에로티시즘을 열심히 설명해 주던 가정선생여자가 야릇한 미소를 띠며 나를 바라보고 있었다. 평소 거만하게 느꼈던 태도가 전혀 아니었다. 매력이라곤 털끝만큼도 없는 여자도 아니었다. 그녀의 깊이 패인 쇄골과 깡마른 몸에서, 옷이 어깨까지 흘러내릴 때마다 드러난 무릎뼈 같은 어깨뼈에서 화려한 매력이 흘러넘쳤다. 연애감정이라곤 털끝만큼도 없다고 단정해 버린 그녀의 얼굴에서 지적인 매력이 흘러넘쳤다. 그리고 남편을 끌어당긴 지적인 매력이 질투가 나도록 나를 짓눌렀다.

자꾸 어이없는 웃음이 흘러나왔다. 그렇게 웃고 있는 동안 가을이 종지부를 찍고 말았다. 내일이라도 눈이 내릴 것처럼 추워지기 시작했다. 낙엽이 날리고 겨울 바람을 잉태한 구름이 이 산 저 산을 넘어오고 있었다. 나의 멘토 민정이 말대로 자연은 3개월마다 바뀌는 철칙을 지키려고 한 것이었다. 류초희 선생님은 그것이 무엇이든 바뀐다는 것은 진통을 겪게 마련이라고 했다. 마음속에서 선생님이 지금 나에게 "겨울이면 뭐 생각나는 게 없느냐"고 물었다. 정말 뭐 없을까? 하고 생각하던 끝에 '아이러니'가 떠올랐다. 그리스 희극 인물 에이런과 알라존이 머릿속에 그려졌다. 약하지만 영리한 에이런이 자기 본질을 숨기고 순진함과 우둔함을 가장하여 힘센 알라존을 골려 주었다는 이야기와 함께 내 속에서 무대의 막을 내리는 징이 울었다.

내가 알라존이고 남편이 에이런이었던 연극이 끝났음을 알린 모양이었다. 이제부터 남편이 알라존이고 나는 에이런

이 되는 것이라고 누군가 내 귀에 대고 속살거렸다. 그러면서 아주 재미있는 일이 될 거라고 했다. 그런데 '나' 잘할 수 있을지? 남편처럼 영리한 에이런 역을 과연 잘 해낼 수 있을지 걱정이 앞섰다. 에이런 역을 잘 해내기 위해서는 어떻게 해야 하는지를 생각했다.

21일 동안 꽃무늬 100개 뜨기로 석환 씨에 대한 숨 막힌 기다림을 견뎌 냈던 것처럼 무엇엔가 나를 송두리째 맡겨 버려야 할 것 같았다. 한일교류전 작품을 창작하는 데 몰두하기로 했다. 어차피 해야 할 일이었다. 소재를 채취하러 이 양을 데리고 산으로 향했다.

"또 차나무 뿌리예요? 그래도 되는 거예요?"

"그래서는 안 되는데……. 세상엔 예외라는 게 있지. 그리고 한 번만 더 해 보고 싶지 뭐니."

이 양 말대로 한 번 했던 소재를 다시 선택한다는 건 바람직한 일이 아니었다. 그런데 차나무 뿌리를 한 번 더 캐 보고 싶었다. 자기가 간절히 원하는 물을 찾아 내려가는 차나무 뿌리가 드디어 물을 만나는 떨림을 이제야말로 제대로 체험해 보고 싶었다.

내가 그런 생각을 하고 있는 동안 이 양은 손가락으로 차 유리창을 톡톡 치면서 노래를 흥얼거리고 있었다. 일이야 어찌 되었든 소재를 채취하러 가는 것 자체가 신이 나는 모양이었다.

"산에 가는 게 그렇게도 좋으니?"

"그럼요. 얼마만인데요. 원장 선생님 그동안 실컷 농땡이 쳤잖아요."

"농땡이?"

"죄송해요. 하도 오랜만에 산에 가니까 좋아서 그만."

이 양의 입에서 튀어나온 농땡이란 말이 어디선가 나를 향해 날아온 돌멩이 같았다. 내 가슴은 과녁이고 어디선가 야무지게 날아온 돌멩이가 정확하게 과녁에 적중한 것이었다. 가슴에 구멍이 뻥 뚫린 것처럼 바람이 새어 들었다. 이 양이 미안해했지만 학원 일로 치자면 맞는 말이었다. 요즈음 엄마 애간장을 태운다는 중학교 2학년 아이들처럼 10개월 동안 무던히도 이 양 속을 썩였다는 걸 인정해야 했다. 그렇더라도 석환 씨와의 만남을 농땡이로 치부해 버릴 수는 없었다.

"그런데 제목을 미리 생각해 두는 게 좋지 않아요?"

이 양이 다시 나를 흔들어 깨웠다.

"제목?"

"제목 짓는 데 서너 달씩 고민하잖아요."

맞는 말이었다. 나는 제목을 지을 때마다 몸살을 앓았다. 이 양 말대로 제목을 미리 지어 놓은 게 좋을 것 같았다. 서너 달씩 걸리는 제목이 내 입에서 곧바로 흘러나왔다. '가을의 유머'였다.

"가을의 유머요?"

"그래, 가을의 유머."

"너무 좋아요. 저도 유머를 좋아하거든요."

이 양은 내 속도 모른 채 유머를 좋아한다며 박수를 쳤다. 비극이라는 가을 미토스와 내가 감내해야 할 현실이 묘하게 닮아 있었다. 비극의 슬픔이 유머라는 겉모양을 하고서는 어처구니없게도 잘 어울린 것이었다.

이 양과 나는 물을 찾아 내려가는 차나무 뿌리를 따라 흙을 파 내려가기 시작했다. 부드러운 흙을 지난 다음 모래층을 지났다. 얽히고설킨 수많은 뿌리들도 지났다. 차나무 뿌리는 줄기차게 계속 자기가 원하는 물을 찾아 내려가고 있었다. 우리도 계속 뿌리를 따라 내려갔다. 자갈층을 지나고 돌 무리를 지나 제법 큰 돌이 나왔다. 뿌리는 거기서부터 몸을 다듬기 시작했다. 뿌리는 표백을 해 놓은 것처럼 희고 고왔다. 내가 거울 앞에서 석환 씨를 만나기 위해 연습했던 것처럼 뿌리도 물을 만날 준비를 하고 있었다.

점점 희고 가늘어진 뿌리가 돌 틈을 뚫고 물을 향해 내려가 있었다. 드디어 물에 다다른 것이었다. 무릎을 꿇고 땅에 머리를 대고 조심스럽게 귀를 기울였다. 소리가 들렸다.

"이 양아, 들리지?"

"뭐가요?"

"뿌리가 물을 만난 소리 말이야."

"그런 게 어딨어요."

이 양이 의기양양하게 달려들어 뿌리를 걷으려고 했다. 나는 서둘러 제지했다. 뿌리가 물을 만난 소리를 오래오래 듣고 싶어서였다. 새롭고 청아한 물소리가 정말 떨림처럼 들려왔다. 가정선생여자는 참 열심히도 강조했었다. 인간은 늘 새로움을 추구하는 거라고. 떨림을 찾아서라고. 내가 그랬듯이 그녀도 지금 새롭고 청아한 떨림을 찾아 내 남편과 어느 그림 전시회장에 있거나, 남편의 산 어디쯤에 나란히 앉아 그림을 그리고 있을 것이었다.

차나무 뿌리가 물을 빨아 올리는 소리를 들으며 동굴벽화를 떠올렸다. 인간이 신성과 동물의 중간인 이상, 동물적인 본성을 벗어날 수 없는 것은 바로 나였다. 꼿꼿하게 일어선 남자의 성기에서 욕망의 푸른 불꽃이 피어오른 것도 나였다. 그런데 창자를 흘리는 들소가 남자를 노려보며 인간을 조소하는 것, 그것은 나를 향한 조소만은 아닌 것 같았다.

지금 땅속에서는 계속 차나무 뿌리가 자기가 원한 최상의 물을 만나고 있다.

작가의 말

인간은 최상을 욕망한다

사회를 인간의 욕망체계로 본 헤겔은 인간으로부터 욕망을 제거하게 되면 사회 자체가 성립되지 않는다고 했다. 프로이트도 사회를 욕망의 체계로 보았다. 스피노자는 욕망은 자신에게 있어 선을 추구한 것이라고 했다. 이들은 다시 욕망을 동경과 이상으로 풀이했다. 이것들은 곧 정신의 영역으로서 인간이 빵만으로 살 수 없는 것과 직결된다. 그리고 동경과 이상은 이성문제에서 그 특징을 가장 극명하게 드러낸다.

세상의 남녀는 누구나 결혼할 때 배우자를 최상으로 선택하고 싶어 한다. 그리고 최상으로 만족하는 배우자와 드디어 결혼하게 된다. 그러나 그것은 최상이 되지 못한다. 왜냐하면 다시 최상이 나타나기 때문이다. 인간의 감정을 결혼이라는 제도로 움직이지 못하게 묶어 둘 방법이 없기 때문이다. 끝없이 움직이는 욕망이 동경과 이상을 좇기 때문이다. 헤밍웨이는 네 번의 결혼과 화려한 연애 경력을 갖고 있었다. 앙드레 지드는 결혼하고 단 한 번도 아내와 성 관계를 갖지 않은 것으로 유명했다. 대신 이상을 충족시켜 주는 최상의 여성으로부터 딸을 얻었다. 키에르케고르는 사랑하는 애인 레기네올겐과 차마 결혼하지 못했다. 사랑하는 사람과 제도권의 사회계약을 맺을 수가 없기 때문이었다. 제도권은 모질게도 이상을 마모시켜 버린다는 것을 잘 알기 때문이었다.

언젠가 오래된 여성 팬으로부터 전화를 받았다. 간절히 나를 만나고 싶어 했다. 상담할 일이 있다고 했다. 전화로는 곤란하며 반드시 만나서 말을 해야 한다는 것이다. 일주일 후에 시간을 내겠다고 했다. 그런데 그녀는 얼마나 간절한지 좀 당길 수 없느냐는 전화를 하루 한 번씩 했다. 하는 수 없이 3일째 되는 날 그녀를 만났다. 그녀를 만나러 가면서 나름대로 상상을 했다. 초조하고 조급한 심리로 봐, 남편 문제일 거라는 생각이 들었다. 그렇지 않고는 그렇게 간절하게 전화를 할 리가 없었다.

커피숍에 도착하자 그녀가 먼저 와 나를 기다리느라 현관 쪽으로 눈을 붙박아 놓고 있었다. 가을이었고 은은한 잿빛 재킷에 청바지를 입고 있었다. 자리에서 일어나 인사를 하는 몸매가 시원스러웠다. 얼굴은 여전히 매력적이었다. 희고 매끄러운 피부가 실크처럼 빛났다. 40대 중반인 그녀는 지적이면서 청순한 여대생 그대로였다. 제도가 그녀를 기혼녀로 만들어 놨을 뿐, 그녀는 새처럼 마음껏 공중을 날 수 있는 자유적 분위기가 느껴졌다. 남자라면 누구라도 첫눈에 빠져 버리고 말 것이라는 생각을 했다. 커피를 서너 모금 마시는 동안 그녀에게서 행복한 향기가 풍겼다. 순간 내 짐작이 빗나간 것 같은 생각이 스쳤다. 남편이 다른 여자를 알았다면, 그런 문제로 나를 만나자고 했다면, 그렇게 행복한 향기가 피어날 수 없기 때문이었다. 그럼에도 내 생각은 바뀌지 않았다. 그녀의 타고난 성품이 명랑하고 상냥한 탓이었다.

내가 커피를 절반쯤 마셨을 때 그녀가 별 망설임도 없이 "선생님, 저 남자 생겼어요."라고 했다. 내 예상을 완전히 뒤집어 버린 고백이었다. 순간 나는 "남편이 아니고?"라고 되물으며 당황스러움을 감추지 못했다. 그녀는 내가 놀란 것에 놀란 듯했다. 그녀와 나는 서로 놀라면서 잠시 말을 잇지 못했다. 잠시 뒤에 그녀가 먼저 말을 이었다. 그녀는 3개월 전에 남자를 알았고, 남자가 날마다 시시각각 전화를 했는데, 그리고 자신은 화장실에 갈 때도 전화기를 쥐고 갈 정도로 오로지 올인 된 상태로 살았는데, 최근에 남자로부터 전화가 뜸해지기 시작했다는 것이다.

그녀의 고민은 거기에 있었다. 이 상황을 어떻게 해석해야 하며 앞으로 그 남자와의 관계를 어떻게 해야 하느냐는 거였다. 나는 단도직입적으로 "그대로 끝내"라고 했다. 그녀는 그 남자의 목소리를 듣지 못하거나 만나지 못한다는 건 산소를 중단해 버린 밀폐공간에 갇힌 거나 마찬가지라고 했다. 한 마디로 죽음에 다름 아니라는 거였다. 나는 다시 단절할 것을 강조했다.(그렇게 충고하는 게 작가로서 도리라고 생각했다.) 그녀는 "선생님도 보통 사람들과 똑같으시네요."라고 하며 실망한 표정을 지었다. '작가'는 다를 거라고 생각했던 모양이었다. 그보다도 작가는 그런 일에 있어서 남보다 훨씬 진보적이며 적극적일 거라고 생각한 것이 틀림없었다. 그래서 '그 남자를 절대 놓쳐서는 안 된다'고 말해 줄 거라고 기대한 모양이었다. 그녀는 곧 내 말을 무시한 채 '어디서 읽었다'는 말을 옮기기 시작했다. 즉 "인간이 일생을 통해 혼신을 바쳐 사랑할 수 있는 사람, 숨 막히는 떨림으로 다가오는 최상의 대상을 만나는 것은 신의 축복이라고 하던데요. 그런 일은 아무에게나 찾아오는 게 아니라고 하던데요."라고 하면서 일종의 운명론을 펼쳤다. 내 동의를 끌어내려는 심리 같았다. 나는 동의해 주지 못한 채 일어서고 말았다. 그날 그렇게 헤어졌다. 며칠 동안 기분이 묘한 상태였다. 상담을 해 주러 가는 게 아니라 내가 상담을 받고 온 기분이었다.

그녀의 고백을 들은 건 꽤 오래전(10여 년 전) 일이며, 다시는 그녀를 만나지 못했다. 그녀가 다시는 나를 찾지 않았기 때문이다. 그런데 세상은 언제부턴가 그렇게 흘러가고 있었다. 그녀로부터 고백을 들었을 때 내심 '기혼녀가 어떻게!'라는 놀람은, '그녀가 나를 의아하게' 생각했던 대로 소위 작가라는 사람이 세상을 몰라도 너무 모른 깜깜이었다.

그리고 최근에 대중들 가슴속을 시원하게 해 주는 법륜스님의 '즉문즉답'을 통해 45세 여성이 남편 때문에 고민을 상담한 내용을 들었다. 질문자는 눈물을 흘리며 남편이 다른 여성을 알았는데 어떻게 해야 좋겠느냐고 하면서, 헤어지고 싶다고 했다. 법륜스님은 일 초도 망설임 없이 "헤어지세요."라고 했다. 그런 다음 "남편이 매일 집에 들어오느냐? 부부관계는 하느냐?"고 물었다. 매일매일 들어오며 부부관계도 한다고 대답했다. 그리고 다시는 다른 여자와 만나지 않겠다고 빈다고 했다. 그러자 스님은 그렇다면 문제 될 게 없다고 전제하면서, 만약 헤어지고 나면 질문자도 45세이니 다른 남자를 만나지 않는다는 보장이 없으며, 만난다면 일반적으로 45세에서 50세가량은 될 텐데, 그 나이에 총각은 드물 테고, 이런저런 이유로 이혼하거나 뭐 그런 남자가 있을 테고, 그 외에는 모두 임자가 있는 남자들인데, 아무래도 첫째 둘째 남자들보다는 세 번째 임자 있는 남자를 만날 확률이 높은데, 여기서부터 계산을 해 보자고 했다.

만약 임자가 있는 남자를 만날 경우 지금의 남편이 다른 여자를 아내 몰래 만나는 식으로, 나도 그 남자 아내 몰래 남자를 만나야 할 텐데, 그래도 지금 내 남편이 매일 집에 들어오니, 거기다 남편이 다시는 안 그러겠다고 빈다고 하니, 내 남편과 사는 게 훨씬 당당하지 않느냐고 했다. 강당 가득히 모여 있는 여자들이 모두 까르르 웃었다. 눈물을 흘리던 질문자도 웃었다.

앞의 두 가지 예는 아직도 우리 사회에서 금지 영역에 속한다. 그러니까 불륜이다. 한때 간통죄 존폐를 놓고 우리 사회가 진통을 겪은 적이 있었다. 간통죄의 주체는 주로 남자로 인식되어 있고, 폐지를 반대한 것은 당연히 여성 쪽이었다. 여성들은 강력하게 반대를 외쳤다. 그것이 가정과 여성을 지켜 주는 보호 장치라고 믿었기 때문이다. 그런데 국민들은 '가정과 여성을 지켜주는 보호 장치'라는 여성들 외침에 대해 노골적으로 드러내지는 못했으나 시큰둥했다. 문제는 간통죄의 효력 때문이었다.

무슨 목적으로 만들었든지 간통죄 고소는 이혼을 전제로 했다. 물론 중간에 배우자에게 경각심을 일깨우고 취하하면 이혼을 하지 않아도 되었다. 그런데 '자식'이면 모를까, 그런 방법으로 배우자를 혼내 가면서 과연 인간관계(부부)가 유지될 수 있을까. 그래서 간통죄 존립은 가정을 지키기 위한 장치가 아니라 어떤 면에서는 오히려 조기에 가정을 깨버리는 결과를 초래한다는 것이 일반적인 생각이었다. 사실 간통죄를 만들 때 부정을 저지른 배우자를 혼내 주는 것에 목적을 두었다. 즉 간통죄 주체자가 주로 남자들인 바, 힘없는 여성 대신 법이 대신 회초리를 든 것이었다.

결국 간통죄는 시대에 밀려 역사 속으로 사라졌다. 그리고 이 문제는 국가가 국민의 애정문제까지 관리하는 것은 세계사적으로 거의 없는 일이라는 여론에 밀리기도 했지만, 여성 입장에서 생각해 볼 때 상당한 의미를 함의한다. 이제 더 이상 여성은 국가가 보호해 주어야 하는 나약한 존재가 아니며, 여성 스스로 자신을 보호할 수 있는 능력(직업, 경제적인 힘, 사회적 지위 등등)이 있다는 것을 말해 준 것이다. 따라서 간통죄 폐지는 오히려 여성들의 권위와 위신을 한층 높여 준 것이라고 할 수 있다.

공교롭게도 이런 분위기에 맞추듯 최근 어떤 조사에 의하면 100명 가운데 기혼여성 45퍼센트가 혼외 이성교제를 긍정적으로 생각한다는 기사를 읽은 적이 있다. 과거에 기혼남자가 혼외 이성 관계를 가졌을 때, 흔히 "남자가 뭐 그럴 수 있지"라고 이해했듯이, 이제 놀랍게도 기혼여성이 이성관계를 가졌을 때 "여자가 뭐 그럴 수 있지"라고 이해할 수 있는 시대가 도래했다고 봐도 될 것 같다.

이쯤 되면 조르주 바타이유의 주장이 설득력을 얻게 된다. 21세기를 감각(feeling), 여성(female), 상상력(fiction)의 3F시대로 명명한 인류학자, 미래학자, 에로티시즘 학자로 유명세를 떨친 조르주 바타이유는 혼외 이성교제가, 정확하게 말해 혼외정사가 일과 스트레스에 지친 현대인들이 사물화되어 가는 것을 막아 줄 뿐만 아니라 어느 정도 창의성까지 도와준다는 파격적인 주장을 하고 나섰다. 그것은 혼외정사가 에로티즘을 증폭시켜 주기 때문이라는데, 바타이유는 놀랍게도 그것은 육체에 있는 것이 아니라 정신세계에 있다고 주장했다. 이 말은 에로스가 아름다움을 추구하는 것은 생리적인 '굶주림' 때문이 아니라 '아름다움에 대한 동경'에서 아름다움을 추구한 것이라는 의미와 맞닿는다. 아울러 이것은 스피노자의 말 '욕망은 자신에게 있어 선을 추구한 것'이라는 의미로 귀결된다.

맨 처음 욕망을 거론한 플라톤은, 욕망은 스스로에게 결핍된 것을 추구하는 것이라고 했다. 가끔 욕망이 인간의 생리적 욕구로 여겨지기도 하지만 인간은 생리적인 욕구를 충족하는 것으로 만족하지 못한다. 생리적으로 배고픔을 채우는 것은 단순히 필요에 의할 뿐, 인간이 욕망하는 것은 질적으로 다르기 때문이다. 마르크스도 나이프와 포크로 욕망을 채우는 것과 날고기로 욕망을 채우는 것은 전혀 다른 것이라고 했다. 인간은 언제나 맛있는 음식을 더 맛있게 먹기를 원하며 이를 위해 시간과 수고를 바치는 것은 굶주림 때문이 아니라 최상의 맛에 대한 동경 때문이다.

이 작품 역시 인간의 동경과 이상을 은유한 욕망을 말하려고 했다. 작품 발단 부분과 마지막 결말 부분에서 묘사한 차나무 뿌리의 지고한 동경이 그것을 말해준다.

나에게 상담을 요청했던 그녀가 어디서 읽었다는 말은 바로 차나무 뿌리의 지고함 같은 것이었다. 정말 차나무 뿌리가 최상의 물을 만나기 위해 얕은 곳의 물들을 모두 거부한 채 지심을 향해 뚫고 내려가는 것처럼, 그런 지고한 '떨림'을 묘사해 보고 싶었다. 모든 게 욕망이다. 지구가 존재하는 한 인간은 욕망이 낳은 이상과 동경을 찾아 헤맬 것이다. 오늘도 누군가 나의 최상을 찾아 방황하고 있을 것이다. 그는 최상을 만나도 다시 최상을 욕망하게 될 것이다. 라캉의 말대로 인간은 충족하고 싶은 대상을 욕망하게 되고 대상은 잡는 순간 신기루처럼 사라져 버린 탓이다. 라캉은 이것을 허구라고 단정하면서 죽음만이 욕망을 차단할 수 있는 유일한 길이라고 했다. 그러나 대상이 허구인 줄 알면서도 다시 대상을 향해 가는 것, 이와 같은 반복이 없이는 삶이 지속될 수 없다고 한다. 헤겔의 말처럼 인간으로부터 욕망을 제거해 버린다면 사회 자체가 성립될 수 없기 때문이다.

주인공 승연과 석환의 만남을 단절시켜 버린 것은 잔인한 짓일까? 아직도 작가(나)가 인간을 이해하지 못한 탓일까? 그렇다면 이들을 어쩌란 말인가. 이들은 피차 제도권에 묶여 있는 기혼자들이다. 그러므로 이들의 만남은 아무리 순정해도 불륜이다. 불륜을 미화하기에는 아직 역부족임을 고백한다. 아울러 작품이 마음먹은 대로 따라 주지 않았다는 것도 고백한다. 실패가 채근하는 또 다른 시작을 향해 다시 항해를 떠나기로 한다. 작가의 욕망은 오직 최상의 작품을 써보겠다는 것이다. 언젠가는 최상의 작품을 창작하리라는 욕망이 나를 이끌어 줄 것으로 믿는다.

2016년 가을, 해운대 장산 아래 집필실에서

박정선

가을의 유머

초판 1쇄 발행 2016년 12월 16일
2쇄 발행 2017년 4월 13일

지은이 박정선
펴낸이 강수걸
편집장 권경옥
기획 이수현
편집 정선재 윤은미 문윤호
디자인 권문경
펴낸곳 산지니
등록 2005년 2월 7일 제333-3370000251002005000001호
주소 부산시 해운대구 수영강변대로 140 BCC 613호
전화 051-504-7070 | 팩스 051-507-7543
홈페이지 www.sanzinibook.com
전자우편 sanzini@sanzinibook.com
블로그 http://sanzinibook.tistory.com

ISBN 978-89-6545-391-8 03810

* 책값은 뒤표지에 있습니다.
* 이 도서의 국립중앙도서관 출판예정도서목록(CIP)은 서지정보유통지원시스템 홈페이지(http://seoji.nl.go.kr)와 국가자료공동목록시스템(http://www.nl.go.kr/kolisnet)에서 이용하실 수 있습니다.(CIP제어번호: CIP2016029440)